講談社文庫

三姉妹、恋と罪の峡谷

三姉妹探偵団26

赤川次郎

講談社

三姉妹、恋と罪の峡谷——目次

三姉妹、恋と罪の峡谷

三姉妹探偵団26

プロローグ

いつか、こうなるはずだった。

それは初めから分っていたことだ。

でも、止めることができない。――恋とはそんなものだろう。

「約束してくれたじゃないの！」

と、女は叫んだ。「奥さんと別れるって」

「約束はしない」

と、男は言い返した。「別れたい、と言っただけだ」

「そんな……」

女の顔がこわばった。「あなた――初めからそのつもりだったのね。私に飽きたら、搾《しぼ》り切ったレモンみたいに捨てればいいって……」

「分らないことを言わないでくれ」

と、男は冷ややかに言った。「君も子供じゃないんだ。男と女の仲なんて、どうなるか見当がつくだろう」

「ひどい人！　――私はただの遊び相手だったのね」

「僕を責めないでくれよ。君のために、ずいぶん金を使ったんだぜ。君は決して損してないと思うがね」

男の口もとには、冷たい笑みが浮んでいた……。

「――馬鹿《ばか》みたい」

と、珠美《たまみ》が言った。「こうなるに決ってんじゃない」

「男が悪いわ」

と、綾子《あやこ》が断言した。「男は罰せられるべきよ！」

「たかがTVドラマでしょ」

と、夕里子《ゆりこ》が言った。「どうするの？　夕飯、食べに出る？」

「もちろん」

と、珠美が言った。「お父さんの出張手当は私たちの食事代」

「年中海外出張ね」

と、夕里子はため息をついて、「また、変なことがなきゃいいけど……」

佐々本《ささもと》家の三人姉妹。――長女、綾子は大学生、次女、夕里子は高校二年生。三女の珠美は中学三年生。

父親と四人暮し、なのだが、仕事の都合で父親は年中海外を飛び回っていて、女の子三人の暮しがほぼ出来上っていた……。

「あそこのイタリアンがおいしい」

と、珠美が噂《うわさ》を聞きつけていて、かなり性格がまちまちな三人も、こういう点では、

「そこにしよう！」

と、すぐ一致するのだった。

「風、冷たいよ。コート着た方がいい」

と、夕里子が気をつかう。

「はい、ママ」

と、珠美がからかった。

「誰がママよ」

母親代りが、しっかり者の次女、夕里子であることは、みんな承知だ。

三人がマンションを出て、目当てのレストランへと急いだのは、十一月に入って間もないある夜のこと。

それぞれ学園祭が終って、代休に入るところだった。

「頑張ったな、今度の学園祭」

と、珠美が自讃する。「企画賞もらったものね」

「あんたが企画したわけじゃないんでしょ?」

と、綾子が言った。

「あら、意見はしっかり言ったわよ。それを取り入れたからこその名企画」

「そういうことにしておこう」

と、夕里子は笑った。「中学時代が懐しい」

「私……もう忘れちゃった」

と、綾子は言った……。

何だかおかしい。

――夕里子はそのレストランに入ってすぐにそう感じた。

珠美が聞いて来た通り、洒落《しやれ》た店だし、そう広くはないが、ゆったりと席の間隔が空いている。

三人が入って行くと、奥のテーブルへ通された。

「いらっしゃいませ」

きびきびした感じの若い女性が、エプロンを付け、メニューを持って来た。「すぐおしぼりをご用意します」

夕里子は入口の見える席に座っていた。

「私、ピザとスパゲティ、両方食べたい」

と、珠美がメニューを眺《なが》める。

「太るよ」

と、綾子に言われている。

「──お飲物はいかがですか？」

おしぼりを持って来た女性が訊《き》く。

「ノンアルコールだけで。──私、ジンジャーエール」

と、夕里子は言った。

他のテーブルへ目をやると、いかにも若い大学生という感じの四人連れは、早くも盛り上っている。

男女のテーブルもあるが、スパゲティを前に、食事するより手もとのスマホを一心に見つめていて、口もきかない。——何しに来てるの？

そして、女性客一人のテーブル。

きちんとしたスーツ姿の、たぶん三十代の女性が、入口の見える席に座っている。

誰かを待っているのだろう。時々、腕時計に目をやっては入口を見ていた。

女性の前には、氷だけの空《から》になったグラス。大分《だいぶ》待っているらしい。

店の奥で電話が鳴ると、その女性はハッと振り向いた。待っている相手か、と思ったのだろう。

「——はい〈P〉でございます。——ご予約でございますね。かしこまりました……」

それを聞いて、女性はがっかりした様子だった。

しかし、夕里子は何だか気になった。店の空気のようなものが、気にかかって仕方ないのだ。

「じゃ、オーダーしよう。お願いします！」

珠美が声を上げる。

そのとき、夕里子のケータイが鳴った。

「あ……。国友《くにとも》さんだ」

夕里子の年上のボーイフレンド、国友刑事である。夕里子は席を立つと、

「適当に頼んどいて」

と言って、店の外へ出た。

「もしもし？」

「夕里子君。悪いね、せっかくこれから食事なのに」

「どういたしまして。――どうして知ってるの？」

と、夕里子が訊くと、

「君のいる所が見えてる」

「え？」

夕里子は、少し離れた路上に停《と》まっている車の窓から、国友が手を振っているのを見て、目を丸くした……。

1 波乱

「長話だったのね」

夕里子が席に戻ると、綾子が言った。

「うん……」

「注文しちゃったよ」

と、珠美が水を飲んで、「ここんとこ、愛《いと》しい国友さんに会えずにいるから、せめて声だけでも聞きたいわ、なんて?」

「からかっちゃだめよ」

と、綾子がたしなめた。

夕里子は、

「飲物は何か頼んだ?」

と訊いた。

「ジンジャーエール。置いてあるでしょ」

「うん……」

夕里子はグラスを取り上げて、一口飲んだ。

――やっぱり。

やっぱり、お父さんが海外出張してると、ろくなことがない。

どうして、こんな風に事件に係《かかわ》り合うことになるの?

「丸山《まるやま》って男を見張ってる」

と、国友は言った。「丸山佑一《ゆういち》。君のいるレストランで、女と待ち合せてるはずなんだ」

「じゃ、お店の人は知ってるの?」

「ウエイトレスは刑事だ。ちゃんとウエイトレスに見える?」

「うん、見えるよ」

そのとき、夕里子は気付いた。

自分が何を気にしていたのかを。

「匂いがしない」

と、夕里子は言った。「もっと、ピザの焼ける匂いとか、パスタのソースの匂いとか、してるよ、普通」

「そうか。——作る方が、怖がってるんだろうな」

でも無茶だ。

肝心の丸山佑一って男の顔が分らないっていうのだから。

「女がいるだろ？」

「うん、一人でいる。誰かを待ってるよ。かなり待ってるみたい」

「きっとその女だな」

「犯人が来ても、顔が分らないんじゃ、どうするの？」

国友は少し考えて、

「夕里子君、もし入って来た客が、その女の連れだったら、教えてくれないか」

「そんな……」

ためらったものの、何といっても恋人の頼みだ。「——じゃ、国友さんのケータイにかけるから。出なくていいから、着信があったら、すぐに来て」

と言って店へ戻って来た。

ケータイを、テーブルの上にそっと置く。

キッチンからは、やっとレストランらしい匂いや音がして来た。

「──どうしたの、夕里子？」

と、綾子がふしぎそうに、「何だかぼんやりしてない？」

「綾子姉ちゃんに言われちゃ終りだ」

と、珠美がからかった。

「何でもないわよ」

と、夕里子は言い返した。

どうしても、女性の一人客が気になってしまう。──相手がずいぶん遅れているのだろう。

丸山佑一という男は、まだ二十七、八というから、女の方が年上なのだろうか。

丸山佑一を、国友は殺人容疑者として追っているのだという。詳《くわ》しい話を聞く余裕はなかったが、丸山という男の写真だけでも何とか手に入れたかったのに、その前に丸山がこのレストランで女と待ち合せているという情報が入ったのだそうだ。

「──お待たせしました」

ウエイトレスがスープを運んで来る。

刑事にしては、手つきもさまになっていて、妙に緊張した雰囲気がないことにも、夕里子は感心した。

「——うん、旨《うま》い」

と、珠美はスープを一口飲んで言った。

「少しコショウの効き過ぎ」

と、綾子は厳しい。

夕里子の耳に、

「〈プレゼント・ナイト〉が面白いよね」

という言葉が飛び込んで来た。

え？　これって……。

それは、四人連れの、大学生らしい若者たちの会話だった。

ワインを飲んで、パスタをシェアして、話が盛り上っている。

〈プレゼント・ナイト〉は今TVで人気のあるドラマのタイトルだ。学生たちが話題にしていてもおかしくない。

しかし、夕里子が気になったのは、

「〈プレゼント・ナイト〉が面白い」

という言葉を、さっきも聞いたような気がしたからだ。

もちろん、同じ話題がくり返されたとしても、おかしくはないが……。

スープを飲みながら、夕里子はふと思った。

もし、警察に手配されている男と待ち合せているとしたら、あの一人客の女性のように、苛々《いらいら》とした様子を見せるだろうか？

いや、女が相手の状況を知らないということはあり得る。それでも、逃げている男としては、何とか彼女に連絡をつけようとするのではないか。

もし、自分がその立場だったら、どうだろう？　極力目立たないように、自然に振舞って、人を待っていると思われないようにするのではないか。

二人でスマホを見ている男女は、たぶん違うだろう。では――四人連れの大学生？

夕里子は、そのテーブルが見える位置に座っていたので、さりげなく目をやった。

四人のテーブル。一つ、空いた椅子《いす》が傍《そば》に置いてある。

少し見ていると、にぎやかにしゃべったり飲んだりしているのは、男二人と女一人。もう一人の女は、ほとんど口をきいていない。

夕里子から顔が見える。女子大生風の服装だが、顔立ちはもう少し大人びている。

そして、時々チラッと腕時計に目をやっている。もしかすると……。

そのとき、入口の扉が開いた。

「いらっしゃいませ」

と、ウエイトレスの声が響く。

入って来たのはスーツにネクタイの男性で、あの女性の一人客を見ると、

「ごめん！　ケータイ忘れて」

と、両手を合せて拝んで見せた。

「もう！　帰ろうかと思ってた！」

と、女性の方は仏頂面《ぶっちょうづら》。

すると、また扉が開いて、ジーンズの若い男が入って来た。そして、大学生たちの席へ、

「悪い悪い。前の用が長引いちゃってさ」

と、空いていた席にかける。

夕里子はケータイを取って、国友へと発信した。当然、男が二人入って来たことは分っているから、こっちへ向っているだろうが……。

「夕里子、食べながらケータイいじるの、やめなさい」

と、綾子が母親みたいなことを言った。

「うん……」

夕里子が迷っている内、扉が開いて、国友と、他に二人の刑事が店に入って来た。そして、スーツ姿の男の方を見ると、歩み寄ろうとする。

夕里子はとっさに立ち上って、

「違う！」

と叫んだ。「そっちの男！」

夕里子はジーンズの男を指さしたのだ。一瞬、国友は戸惑《とまど》ったが、夕里子が指した相手は明らかだつた。

国友はジーンズの男の方へ歩み寄ると、

「丸山佑一さん？」

と、声をかけた。「警察の者です。同道いただきたい」

突然、そばにいた女が立ち上ると、料理の皿を国友へ叩きつけて、

「逃げて！」

と叫んだ。

男が椅子を倒して、店から駆《か》け出す。

「むだだ！」

と、国友が怒鳴《どな》った。

店の外で、

「放せ！　畜生！」

という声がした。

表でも刑事が待機していたのだ。

「――どうして」

女ががっくりと椅子に座って、「どうして分ったの！」

と、両手で顔を覆《おお》った。

「ありがとう、夕里子君」

と、国友が言った。

「服にソースが……」

「ああ。――クリーニングに出しても落ちないな」

と、国友は首を振って、「経費になるかな……」

「お待たせしました」

夕里子たちのテーブルに、大きなピザが置かれた。

「あ……。まだウエイトレス、やってるんですか?」

パンツスーツに着替えた女性刑事がピザを運んで来たのである。

「いいえ。一緒に食べさせてもらおうかと思って。構わない?」

「ええ、もちろん!」

と、夕里子は言った。

「私、倉原依子《くらはらよりこ》。よろしくね」

と、女刑事は言って、「あなた方のことは国友さんから聞いたわ。凄《すご》いわね、さっきの推理なんか」

「まぐれ当りです」

と、夕里子は少し照れて言った。

「ピザ、おいしい!」

珠美が早速つまんでいる。

「国友さんに言われてるの。ここの払いは私がしとけって」

「え? そんな――」

「大丈夫。国友さんがうまく上に話をして、経費で落としてもらうから」

「やった!」

と、珠美が言った。「もっと頼もう」

倉原依子は笑って、

「あなたが珠美ちゃんね。佐々本家のお財布《さいふ》の紐《ひも》を握ってるんですって？」

「倉原さん」

と、夕里子もピザの一切れを皿に取りながら、「あの丸山って人、何をしたんですか？」

「ああ……。あの連れの女は笹原《ささはら》あかねといって、夫と子供と三人で暮してたの。丸山は笹原あかねの恋人で、彼女の夫を殺した容疑」

「そうですか……」

あの学生たちは、あかねが雇《やと》った劇団の役者で、あそこでわざと学生らしく騒いでくれと頼まれていたそうだ。

しかし、丸山の現われるのが遅れて、三人は話がもたず、同じ話題をくり返していたのだった。

「でも、あの女の人の子供だったら、まだ小さいですよね」

と、夕里子は言った。「あんな芝居までして、夫を殺させるなんて、どんな事情があったんでしょう……」

犯人の逮捕が終りではなく、始まりになることもある。──夕里子はまだそれを知らなかった……。

「目が覚めたら、何もかも終ってますよ」

そう言われていた。

そして、実際、目を覚ましたとき、伊東《いとう》はもう病室に戻っていたのである。

彼の顔を覗《のぞ》き込んでいたのは、手術してくれた医師で、びっくりするほど若いが、

「日本でも指折りの外科医だ」と言われていた。

「──終りましたよ」

と、医師は言った。「どうですか、気分は？」

「ああ……」

伊東は口の中が乾いていて、言葉が言いにくかったが、何とか、「大丈夫です……」

と言った。

「腹腔鏡《ふくくうきょう》手術でちゃんと取りましたから」

と、医師は言った。「切らずに済みましたよ」

少しボーッとしていた伊東だったが、それを聞くと、

「そいつは……。どうもありがとう……」

と言った。

お腹《なか》にあけた小さな穴から内視鏡を入れて手術する手法は、切開するのと比べて回復がずっと早いと聞いていた。

「じゃあ……何日ぐらいで退院できますか」

と、伊東は訊いていた。

「まあ、五日間ぐらいでしょう。もちろん、様子を見ないと分りませんが」

開腹手術だったら、ひと月近くかかると言われていた。

「助かります」

と、つい言ってしまって、医師からは、

「働くのがお好きなんですね」

と笑われてしまった。

医師が病室から出て行くと、伊東は立っていた妻へ、

「水をくれ……」

と言った。

「はい」

妻の良子《りょうこ》は、妙に表情がこわばっていた。

「――どうしたんだ」

水を一口飲んでホッとすると、「俺はそんなに悪かったのか？」

と、心配になって訊いた。

「いいえ！　お医者様のおっしゃった通りよ。ちゃんと初期の状態で取り切れたって」

人間ドックで、ごく初期の小さなガンが見付かったのだ。痛みも何もなかったので、

「早く見付かってラッキーでしたね」

と、何人もの医師に言われた。

しかも、腹腔鏡手術という、体への負担の小さい手術で取れたのだから、確かに幸運だったのだろう。

「じゃ、どうしてそんな顔してるんだ？」

と、伊東は訊いた。

伊東正治《まさはる》は今、四十八歳。〈笹原インダストリー〉の副社長である。オーナー社長の笹原雄一郎《ゆういちろう》から信頼されていた。

「あなた……」

と、良子が言った。「手術の前には言わなかったけど……」

「どうした？　〈笹原インダストリー〉が倒産でもしたか？」

もちろんジョークだった。

「笹原さんが亡くなったの」

伊東は、しばし反応できなかった。

「――社長が？　亡くなった？」

声がかすれていた。

「ええ」

「いつだ？」

「昨日――だと思うわ」

「思う、って……」

「殺されたの、笹原さん」

「本当か。――何てことだ！」

多少麻酔の効果でボーッとしていた伊東も、すっかり頭が冴えてしまった。

深く息をつくと、

「強盗にでもあったのか」

と訊いた。

「いいえ」

良子は首を振って、「殺したのは、丸山って男。奥様の恋人だったって」

「奥さんの……。あかねさんの恋人？　じゃあ、あかねさんは……」

「奥様も逮捕されたわ」

「そんな……」

伊東は天井へ目をやって、「ひどいことになったな！」

と言った。

「後で会社の方がみえるわ。説明があるでしょ」

「こんなことしちゃいられん！　会社に行かないと」

と、伊東は起き上りかけて、「いてて……」

「何やってるの！　いくら何でもお腹に穴あけたのよ。じっとしてなきゃ！」

「そうか……」

伊東は息をついて、「しかし――どうなってるんだ」

「詳しいことは分らないのよ。ともかく、今は安静にして」

「分った。しかし……社長が亡くなったとなると……」

〈笹原インダストリー〉は、笹原雄一郎一人のものだった。ワンマン社長と呼ばれるのにふさわしい人物だったのだ。

確か六十八歳だった。今の妻、あかねは二十六歳。

副社長として、伊東はもちろんあかねのこともよく知っていた。

「あの奥様がね……」

と、良子は呟《つぶや》くように、「信じられないわ」

「全くだな……」

四十二も年齢《とし》の離れた妻、あかねは、もちろん笹原雄一郎の二度目の妻である。

普通なら、七十近くになって若い妻をもらったら、「さぞぜいたくでわがままな女だろう」と思われる。しかし、あかねは全くそういうタイプではなかった。

地味で控《ひか》えめ。〈笹原インダストリー〉の行事などにも、めったに顔を出さなかった。

おそらく、あかねと個人的に話したことがある人間は、副社長の伊東を始め、数えるほどしかいないだろう。

あのあかねに若い恋人？

伊東は、お腹の辺りの多少の痛みも、すっかり忘れていた。

そして、良子がじっとベッドのそばに立って、こっちを見下ろしているのに気付くと、

「――何だ？　どうかしたのか？」

「いえ……。会社の方にどう連絡したらいいかと思って。後でみえる予定だけど、やっぱり今日は静かに休んでいた方が……」

「そんなわけにはいかん！　社長の秘書の仁科《にしな》に連絡して、手術が無事に終ったと言ってくれ。それから――今、何時だ？」

「お昼の二時よ」

「五時過ぎに、主な部長たちにここへ集まるように言ってくれ。仁科がちゃんと伝えてくれる」

「大丈夫なの？　こんな病室で会議なんて……」

「そんな大げさなものじゃない。とりあえずは、ちゃんと仕事は回って行くさ」

「ええ……。ね、あなた」

と、良子は少したためらってから、「次の……社長さんはどなたが？」

「え？」

伊東もそう言われて当惑した。

そうか。――そうだった。今、社長はいないのだ。

「さあ……。誰になるのかな」

と、伊東は眉《まゆ》を寄せて、「社長のお子さんは真美《まさみ》さん一人だからな」

笹原は、最初の結婚も遅かったので、子供はただ一人、真美、まだ十六歳の高校生である。

「もしかしたら……」

と、良子が言った。「副社長が次の社長に？」

「副社長って……俺のことか」

伊東は妻に言われるまで、そんなことは考えもしなかった。

「まさか」

と、伊東はちょっと笑って、「いてて……」

笑うと、お腹に響いて痛いということを、初めて知ったのだった。

2　後輩

「珍しいね」

と、ピアノを弾く間由香《はざまゆか》が言った。「あの子、いつも来るのに」

「うん、そうだね」

と、夕里子は肯《うなず》いて、「休むときも必ずメールして来るけど」

たまにはこんなこともあるだろう。――でも、夕里子は少し心配だった。

借りているスタジオは、もう十分ほどで出なくてはならない。

「楽譜、忘れないようにね」

と、夕里子は帰って行く子たちに声をかけた。

今、夕里子は、中高生の女の子たちで作ったコーラスグループのリーダーをつとめていた。

友人に誘われて入ったのだが、いつの間にかリーダーになってしまっていたのだ。

「——戸締りもしないと」

一応、時間が来たら鍵《かぎ》をかけ、受付に鍵を返して行くことになっている。

「じゃ、行こうか」

間由香は、夕里子のクラスメイトである。ピアノが上手《うま》くて、このコーラスの伴奏を引き受けてくれている。

「——ありがとうございました」

夕里子は、受付に鍵を返して、「また来週来ますので」

「はい、ご苦労さん」

きちんと片付けて帰るので、スタジオの方でも夕里子たちのことは信用してくれている。

スタジオの建物から出ると、もう辺りは暗くなっていた。

「日が短いね」

と、由香が言った。「風、冷たい」

「うん」

夕里子たちが歩き出したとき、

「佐々本さん!」

と、呼ぶ声がして、ブレザー姿の女の子が駆けて来た。「すみません!」

「あ、真美ちゃん」

と、夕里子は足を止めて、「もう練習、終ったよ」

「ええ、分ってます。遅くなっちゃって……」

と、息を弾《はず》ませている。

「いいのよ。休むならメールしてくれれば」

「来たかったんです」

と、その少女は言った。「ちょっと――ショックなことがあって」

「どうしたの?」

と、夕里子は訊いた。

「父が……殺されたんです」

「え?」

そのとき、夕里子は初めて気付いた。この子の名前、笹原真美っていうんだった!

「じゃ、笹原雄一郎さんって、お父様?」

「そうです」

「あ、TVのニュースで見た」

と、由香は言った。「大きな会社の社長さんだよね」

「そうだったの……」

夕里子は少し迷ってから、「ね、ちょっとお茶しない?」

と言った。


「——佐々木さんが?」

と、真美は夕里子の話を聞いて、びっくりした様子で、「そんなことが……」

「まさか真美ちゃんのお父様だったなんてね」

と、夕里子は言った。「大変ね、お宅は今……」

「ええ」

と、真美は肯いて、「でも、私、信じられなくて」

「何が?」

「お母さんがあんなことしたなんて……」

——夕里子たちは、スタジオに近いハンバーガーショップに入っていた。

空《す》いていたので、奥の方の、他の客に話が聞こえないテーブルを選んだ。

「お母さんって、あのとき逮捕された……」

「ええ。あかねさんです」

真美の実の母親は、真美が十二歳のとき亡くなっていた。二年後に、父、笹原雄一郎が再婚したのがあかねだった。

「私と十歳しか違わなくて、びっくりしましたけど」

と、真美は言った。「でも、一緒に暮し始めると、本当にいい人で、私もすぐに『お母さん』って、抵抗なく呼べるようになりました」

真美は十六歳の高校一年生。夕里子とは別の女子校に通っている。

夕里子がリーダーをつとめるコーラスグループ〈碧空《あおぞら》〉のメンバーは、色々な中学、高校から集まっている。

もともとは、児童合唱団のメンバーが、成長して改めて集まり、新しいグループを作ったのだ。夕里子は後から入ったわけだが、メンバーからの信頼は厚い。

そして、一つ年下の真美は〈碧空〉にとって、欠かせない優秀なメンバーだった……。

あの日の出来事から、一週間がたとうとしている。国友とは、あれ以来ゆっくり会う機会がなくて、取調べがどうなっているか聞いていない。

「あの丸山佑一って人、知ってる?」

と、夕里子は訊いた。

笹原雄一郎を殺したとされている男だ。

「ええ」

と、真美は肯いた。「私の家庭教師でした」

「そうなの」

夕里子は、分りやすい構図だ、と思った。

娘の家庭教師が、若い妻と恋仲になり、年齢《とし》の行った夫を殺す……。

夫が六十八で、妻が二十六となれば、いかにもありそうな話である。しかも夫は大金持……。

しかし、そう思い込んでしまうと、他の可能性が見えなくなる心配もある。

確かに丸山佑一が逃亡しようとしていて、被害者の妻がそれを手助けしようとしたと見えるが、果してそんなに単純な話だったのか。

「佐々本さん」

と、真美が言った。

「夕里子って呼んで。それに慣れてるから」

「じゃあ……夕里子さん。私、耳にしてるんです。夕里子さんたち三人姉妹で、色んな事件を解決して来たって」

「うーん……。まあ、当ってはいるけど、解決したって言うより、巻き込まれて、命からがら逃げ出したって言う方が近いかな」

と、夕里子は言った。「その途中で、自然に事件が解決してるってところね」

「それって、評判ですよ」

と、真美は言った。

「それで？」

「夕里子さん、父が殺された事件、本当は何があったのか、調べて下さい」

夕里子も当惑した。

「それって——丸山佑一が犯人じゃない、ってこと？」

「本当はどうだったのか、私にも分りません。でも、丸山先生とお母さん、二人で父を殺したなんて、とても信じられないんです」

真美は真直ぐに夕里子を見つめていた。その目は夕里子を感じ入らせるものだったが、何といっても十七歳の高校二年生が、警察の捜査に口を出せるものではない。

「真美ちゃん」

と、夕里子は考えながら言った。「私は、たまたまあの日の逮捕に係わってたけど、その後のことは分らないの。何かできることがあればやるけど……」

「はい、それで充分です」

と、真美は即座に言った。「すみません、無理なこと言って」

「いいのよ。でも——必ずしも、真相が分るとは限らないよ」

と、夕里子は念を押した。

しかし、この後、いやでも三人姉妹はこの事件に巻き込まれることになるのだ……。


駅の改札口を出ると、笹原真美は足を止めた。

正面にスーツにネクタイの男性が立っていた。真美に一礼すると、

「お帰りなさいませ、お嬢様」

と言った。

「ただいま」

と、真美は少し素気なく言って、「毎日迎えに来なくたって、仁科さん」

「仕事ですから」

改札口から少し離れたところにベンツが一台停っていた。

仁科がドアを開けると、真美は後部座席に乗り込んだ。

仁科が自らハンドルを握って、車は静かに動き出した。

日が短い。辺りはもうすっかり暗くなっている。

「――ずいぶん待った？」

と、真美は訊いた。

「いえ、ほんの一時間ほどです」

「ケータイにかけてくれればいいのに」

「気にしないで下さい。道は暗いですし、真美さんの身に何かあったら大変です」

「こんなパッとしない女子高生を襲う物好きがいるかしら」

「ともかく、真美さんは笹原雄一郎様のお嬢様なのですから」

「そう……。それは確かね」

親を選ぶことはできない。しかし、今の真美には親がいない。

「――コーラスに行かれたんですか？」

と、仁科が訊いた。

「ええ。練習には出られなかったけど」

と、真美は答えて、「どうして知ってるの？」

「いつも楽しみにしておられましたから」

「そうね……。リーダーの佐々本夕里子さんが、とてもすてきな人だから」

「佐々本三姉妹の二番目の子ですね」

「知ってるの？」

「知り合いに、警視庁の刑事がいまして」

と、仁科は言った。「噂を聞いています」

「有名なんだ」

と、真美は微笑《ほほえ》んだ。「――ね、仁科さん、佐々本さんに、土曜日のお葬式の案内を出してよ」

思い付きだったが、言ってから、ぜひそうしてほしいという気になった。

仁科はちょっと面食らったようだったが、

「――分りました」

とだけ言った。

佐々本姉妹の連絡先など、調べるのは仁科には造作もないことだろう。

殺された父、笹原雄一郎の葬儀は、実際にはもう終っていた。殺されてから一週間以上たっているのだから。

土曜日には大きな葬儀場で「社葬」が行われるのである。

副社長の伊東も退院して来ていた。

社葬は一種のイベントである。今さら、真美の全く知らない経営者や、父の旧友が弔辞を述べても、真美が泣くことはない。

ただ、世間に「笹原雄一郎がいかに尊敬されていた立派な人物だったか」を宣伝すると共に、〈笹原インダストリー〉という企業は大丈夫だと印象づけるために必要なことなのだ……。

車が笹原邸の門の前に着いた。

仁科がケータイで中に連絡すると、門扉《もんぴ》がゆっくりと開いた。

車が前庭に入り、玄関前につけると、いつもと一秒も違わないタイミングで玄関のドアが開いた。

「お帰りなさい」

ドアを開けたのは、地味な印象の中年の女性。——笹原家の家事を任されている須《す》川栄子《がわえいこ》である。

「ただいま」

真美は玄関へ入ると、「お腹空いた」

と言った。

「すぐ用意します。着替えてらして下さい」

と、栄子は言った。

「うん」

真美は広い階段を一気に二階へ駆け上った。

そして──十分後にはダイニングで夕食をとっていたのだが……。

「一人じゃおいしくないなあ」

と、真美は言った。

「分ります。でも、仕方ありません」

栄子が傍に立っている。

広いテーブルで、たった一人の夕ご飯。

父、笹原雄一郎が殺され、母のあかねが殺人の共犯容疑で逮捕されている。

真美は、栄子に「一緒に食べよう」と言ってみたのだが、この家にもう二十年以上住み込みで働いている栄子は、決して同じテーブルにはつかなかった……。

「栄子さん」

と、お茶を飲みながら、「どう思う？　本当にお母さんが殺したと思う？」

「私には分りません」

「どう思う？　気持が聞きたいの」

栄子は少し間を置いて、

「あかね様はいい方でした」

「そうだよね。私もそう思う。お母さん、人を殺したりしないよ」

「そう思っていても、どうしようも……」

「丸山先生だって、あんなこと……。分んないな。どうして……」

あかねが丸山の逃亡を助けようとしたことは事実だろう。でも、真美ももう十六だ。家庭教師の丸山と、母あかねの間に何か﹅あれば、気が付いている、と思う。

女の子は、そういう雰囲気に敏感なものだ。

では、なぜ丸山が犯人とされ、あかねが共犯ということになったのか……。

「あら、電話が」

と、栄子がちょっと目を見開いて、「珍しいですね」

ダイニングの棚に置かれた電話が鳴り出したのである。今は、真美も栄子もケータイを持っている。家の電話にかかってくることはめったにない。

「取材じゃない？　家電《いえでん》にかけてくるなんて」

「でも、一応は出ませんと……」

栄子は歩み寄って受話器を取った。「――はい、笹原でございますが」

栄子は向うの話に耳を傾けていたが、眉を寄せて、

「はあ。――お嬢様はおられますが」

真美は食べる手を止めた。

栄子が送話口を手でふさぎ、

「お嬢様に、と言ってますが」

「誰から？」

「それがよく聞こえなくて……」

と、栄子が首をかしげる。

「出るわ」

真美は席を立つと、栄子から受話器を受け取った。ちょっと咳払《せきばら》いして、

「お待たせいたしました。笹原真美です」

と、大人びた言い方をした。

「君——真美ちゃんか」

と、男の声が言った。

「どなたですか？」

「会ったことがないから、びっくりするだろうけど、僕は君の叔父《おじ》さんだ」

「え？」

「君のお父さん、笹原雄一郎の弟の和敏《かずとし》だよ」

「叔父さん？　そんな……」

と言いかけて、「ああ。——そういえば、いつかお父さんが話してたことがある。変った弟がいるんだ、って」

「まあ、そうだね」

と、相手は苦笑しているようだった。「実は、古い友人とバッタリ会ってね。そしたら兄が死んだと言われて。驚いて電話したんだ」

「知らなかったんですか？」

「じゃ、本当に？」

「ええ。——もしもし？　声が遠いんですけど、どこからかけてるんですか？」

「ルワンダからだ」

「ルワンダ？　――アフリカの？」

「うん。この四、五年、アフリカのあちこちを歩いててね」

「お父さん――殺されたんです」

「本当に？　チラッと聞いたけど……。何てことだ」

「あの……帰国しないんですか？」

少し間があって、

「帰った方がいいだろうな。それで……」

「今度の土曜日に社葬があります」

「土曜日か……。帰るとなると、順調にいっても三日はかかる。間に合えば……」

電波の状態が悪いのか、雑音が入り、

「もしもし？　――聞こえますか？」

切れてしまった。

「――真美さん」

「栄子さん。どうしよう？」

「本当に叔父様で？」

「分んない。私が生まれる前から、外国に行って帰って来ないんだって」

「まあ……。でも本当なら……」

「仁科さんに連絡した方がいいかな」

「そうですね。さぞびっくりなさるのでは……」

いつも冷静な仁科をびっくりさせると思うと、そのこと自体は面白そうだった。

「私がお知らせしましょうか」

と、栄子が言ったが、

「私が知らせる！」

と、真美は急いでケータイを手に取った。

3　社葬の客

いやでも目立った。

中年、老年のおじさんたちばかりの中、佐々本家の三人姉妹は目立っていた。

「どう見ても場違いだね」

と、珠美が言った。

「仕方ないじゃない。別に失礼ってわけじゃないよ」

と、夕里子が言った。

綾子一人が黒のスーツ。夕里子はブレザーだった。珠美はグレーのワンピース。

それにしても凄い人……。

都内でも一番広い斎場は、人で埋《うま》っていた。

次々に到着する車。

夕里子たちは、どこへ行けばいいのか迷っていた。

受付にも長い列ができている。ほとんどが会社関係の人ばかりだろう。

「どこに並ぶ？」

と、珠美が言った。「スーパーのレジみたいだね。どこが早そうか」

「何言ってるの」

と、夕里子が苦笑していると、

「失礼ですが」

と、スーツ姿の男性が声をかけて来た。「佐々本様ですね」

「そうです」

「真美さんがお待ちです。ご案内します」

「どうも……」

男性について、建物の中へ入って行く。

「笹原雄一郎様の秘書をしている仁科といいます」

と、男は歩きながら言った。「まだ葬儀が始まっていないので、真美さんは控室においでです」

「今は、自宅に一人で?」

と、夕里子が訊いた。

「使用人はいますが」

「気の毒だわ。——その後、何か分ったんですか」

「いや、こちらには何も連絡ありません」

静かな廊下《ろうか》を歩いて行くと、大勢が集まっている〈控室〉があった。

「ここは、社内の人間の控室です」

と、仁科が言った。「真美さんは奥の部屋で」

〈親族控室〉とある部屋に入って行くと、広いテーブルに、真美一人がポツンとついていた。

「あ、夕里子さん!」

「真美ちゃん、大変ね、今日は」

と、夕里子は言って、「姉の綾子と、妹の珠美」

「笹原真美です」

と、ていねいに頭を下げ、「すみません、こんな所へ来てもらって」

「それはいいけど……。あなた一人?」

「今のところは」

真美の口調は、どこか微妙だった。

「お茶、出してあげて」

いつの間にか入って来ていた女性に、真美は言った。「栄子さんっていって、今や私の世話係」

「真美ちゃん、でもどうして今日、ここに私たちを呼んだの？」

と、夕里子が訊いた。

「何か手がかりを見付けてくれるかと思って」

と、真美は言って、「でも、もしかしたら他にもとんでもないことが……」

「というと？」

そのとき、廊下が騒がしくなった。

「何かしら？」

と、真美が立ち上りかけると、

「見て来ます」

素早く栄子が控室から出て行った。

「何か起りそうなの？」

と、夕里子が訊くと、

「それが、よく分らないんですけど……」

真美が口ごもる。

そこへ、控室のドアが開いて、

「間に合った！」

と、息を弾ませて、男が入って来た。

しかし、夕里子たちも真美も、しばし言葉を失ってしまった。

入って来た男は、およそこの場にふさわしくない――というより、どこかのジャングルにいるのが一番似合っている格好《かっこう》だったのである。

髪はボサボサで、ひげが伸び放題、ヨレヨレのジャンパーに膝《ひざ》までしかないジーンズ。そして、重そうなリュックを背負っていた。

「おい、君！　困るじゃないか！」

と、追いかけるように入って来たのは仁科だった。「勝手に入って来たりして！」

「どうして入っちゃいけないんだ」

と、男が言い返した。「ここは〈親族控室〉だろ」

真美が目を丸くして、

「叔父さん？」

と言った。「あなたが？」

「うん。笹原和敏だ。君が真美ちゃんか」

「ええ……」

「こんな格好ですまん。飛行機が遅れてね。成田《なりた》から直接来たんだ」

仁科が唖然《あぜん》としていたが、

「本当に笹原和敏さん？」

「ああ。当人が言ってるんだ。間違いないだろ」

「しかし……一応、身許《みもと》を証明するものを見せて下さい」

と、仁科は言った。

「分った。待ってくれ」

と、男はリュックを下ろすと、中をかき回して、「――さ、パスポートだ」

仁科はパスポートを受け取って、

「これ？――写真が違うじゃないか」

「ひげがないだろ。好きで伸したんじゃない。カミソリがなくて。――誰か、カミソリを持ってないか？」

「そんな物……」

そこへ栄子が入って来た。

「真美さん……」

「栄子さん。この人に、カミソリと、それと服を用意してあげて」

栄子はため息をついて、

「分りました」

と言った。「十分、お待ち下さい」

「仁科さん。この人、きっと本当に叔父さんよ」

と、真美が言った。「騒ぎにならないように、伊東さんたちに言っといて」

「分りました……」

仁科は、ムッとした顔で「叔父さん」をにらむと、急いで出て行った。

――真美の話を聞いて、

「へえ、ずっとアフリカに?」

と、珠美が言った。「TVなしで暮してたの? 信じらんない」

「アフリカの前は南米で暮してた」

と、笹原和敏は言った。「僕は、雄一郎とは母親が違うんだ」

「聞いたことあるわ」

と、真美が言った。

「でも、兄貴は僕に親切だった。好きにさせてくれたよ」

と、和敏は言った。「まあ、年齢《とし》も違ってたから、兄弟っていうより、親子に近かったけどね」

「叔父さんは今、いくつ？」

「四十一だ。兄貴は六十八だった？　二十七も離れてたんだな」

と、和敏は今さらのように感心している様子だった。

仁科が戻って来て、

「みんな仰天してる。ともかく、和敏さんのことは、この社葬が終ってから公表しようということで」

と言った。「それでいいですね？」

「しかし、ちゃんと参列させてくれよ。弟なんだから」

「それはそうよ」

と、真美が言った。「何とか栄子さんが着るものを……」

まだ五分とたっていなかったのに、栄子が大きな紙袋をさげて戻って来た。

「一応ご用意しました」

「早いね！」

和敏が目を丸くした。「兄貴が『優秀な女性が何でもやってくれる』と言ってたことがある。あんたのことだね」

「お着替えを。カミソリも中に入れてあります」

と、栄子が淡々と言った。

「じゃあ……」

和敏が紙袋を受け取り、控室を出て行った。

「――栄子さん、どうやってこんなに早く揃《そろ》えたの？」

と、真美が言った。「いつもの栄子さん見てるから、びっくりしないけど」

栄子は黙って微笑むだけだった。

「仁科さん、叔父さんが着替えてくるまで、葬儀を始めないように言って」

「もちろん、真美さんがいなければ始まりませんよ」

と、仁科が苦笑した。

そのとき――意外な顔が、

「失礼」

と、ドアを開けて覗いた。

夕里子がびっくりして、

「国友さん！　どうしたの？」

「いや、知らせたいことがあって……」

国友と一緒に、あの女性刑事、倉原依子もやって来ていた。

「刑事さん」

と、真美が不安げに、「また何かあったんですか？」

「それが……」

国友はちょっと息をついて、「君のお母さんと、丸山佑一は釈放されることになった」

と言った。

意外な展開に慣れている三姉妹も、さすがにしばし言葉を失った。

「——丸山佑一にアリバイがあったんだ」

と、国友は言った。

「あらまあ」

と、栄子が言った。

あんまりびっくりした口調でないのが、栄子らしかった。同時にそのひと言で、みんなが我に返った。

「国友さん、どういうこと？」

と、夕里子が訊いた。

「笹原雄一郎さんが殺された夜、丸山佑一は入院していたんだ」

「入院？」

「妙な話なの」

と、倉原依子が言った。「港区の住宅街で、意識もうろうとして歩いてたところを、通りかかった人が心配して、近くの病院へ連れて行ったの。そこで、一晩中、丸山佑一は眠り続けてた」

「でも……どうしてそう言わなかったんだろ？」

「次の日の昼ごろに、やっと意識が戻って、病院を出たけど、自分がいつごろから入院してたのか、憶《おぼ》えていなかったって」

「そのころには、もう丸山が犯人だという話になっていたんだ」

と、国友が続けた。「丸山は、あかねさんから、自分が犯人だとされてることを聞いて、びっくりした。その晩の記憶が全く抜け落ちてしまって、思い出せなかったそうだ。それで、もしかしたら、本当に自分が笹原さんを殺したのかもしれない、と怖くなった」

「でも、その病院に入院したのは、事件の起る何時間も前だったの。そこの医師が、TVのニュースで丸山佑一の写真を見て、知らせてくれたのよ」

「それって確かなの？」

と、真美が念を押した。

「むろん、調べたよ。丸山を病院へ連れて行った人も分ってる。その人も医師も、丸山と何のつながりもなくて、嘘《うそ》をつく理由はない。仮病などでなかったことは、医師が証言しているし、一晩中、看護師が様子をみていた」

「念のため、病院に残っていたDNAを調べたの。間違いなく丸山佑一だったわ」

と、依子は言った。

「じゃあ……お母さんも釈放されたんだ」

「どうして、あそこまでして、丸山佑一を逃がそうとしたか、その辺は納得いかないがね。ともかく、釈放しないわけにいかない」

真美は笑顔になって、

「良かった！」

と言った。「お母さんも丸山先生も、あんなことするわけないって思ってた！」

「ただ……」

と、夕里子が言った。「そうなると、犯人が誰なのか、捜査はやり直しね」

「そうなんだ」

と、国友が肯いて、「それで、今……」

控室のドアが開いた。——黒いスーツのあかねが入って来た。

「お母さん！」

真美が立ち上ると、あかねの方へ駆け寄って、手を取った。

「真美ちゃん……」

「お母さんがあんなことするわけないって信じてた！」

「ありがとう……」

あかねには、真美が喜んでくれているのが予想外だったようで、戸惑いながらも嬉《うれ》しそうだった。

「良かった。社葬で、知らないおじさんばっかり来るのに、一人で座ってるのなんて、気が重かった。お母さんと並んで座れるね」

　あかねは涙ぐんで、

「真美ちゃん……。ごめんなさい、心配かけて」

　と言った。「丸山さんのことは、また機会を見て説明するわ」

「ええ。分ってる。丸山先生だって、人を殺すような度胸ないよ」

　真美の言葉に、あかねは泣き笑いの顔になった。

「ともかく座って」

　と、真美があかねを座らせると、「紹介するね。私の友達」

「あ、あのときの……」

「そうか。丸山先生が捕まったときに会ってるんだね」

　と、真美は思い出して、「でも、この三人が、きっと本当の犯人を見付けてくれるよ」

「それは警察の仕事だよ」

　と、国友が言った。「ともかく、あかねさん。都内を離れるときは連絡して下さい」

「分りました。あの――丸山さんの方は……」

「今日中には釈放されます。しかし――」

　と、国友は言いかけて、「丸山――さん、と言わなきゃね」

「記憶のない状態で歩いてたって、その原因は何だったのかしら」

と、夕里子は言った。

「入院した病院の医師によると、おそらく何か薬物をのまされたんだろうってことだったよ」

「何の薬か分らなかったの？」

「その医師は、事情を知らなかったわけだからね。病人が治ればそれでいいわけだ」

「それもそうね」

と、夕里子は肯いた。

「――では、我々は失礼しよう」

と、国友は依子の方へ言った。

「ちょっと待ってて」

と、夕里子が言った。「新しい登場人物に会って行ったら？」

「何だい、それは？」

国友が目をパチクリさせる。

すると、そこへドアが開いて――。

「お待たせしたね」

入って来たのは、きれいにひげをそり、髪を整えて、黒の上下に黒のネクタイをした、垢抜《あかぬ》けした紳士だった。

「――まあ、良かった」

と、栄子が言った。「服のサイズは、ぴったりでしたね」

「あつらえたようにね」

と、笹原和敏は言った。「外見を見ただけで分ったの？　大した人だね」

「叔父さん」

と、真美が言った。「私のお母さんよ」

「え？」

和敏がびっくりして、「じゃあ……あかねさん？」

お互いに面食らっている二人に、真美が事情を説明すると、

「――そうか！　それはよかった」

と、和敏はあかねに歩み寄って握手をした。

「あなたが和敏さん。主人から話は聞いていました」

「変り者だって話かな」

と、和敏は言った。

「いえ、『自由な人間なんだ、あいつは』って、羨《うらやま》しがっていました」

「兄はいい人だった」

と、和敏は初めてしみじみと、「兄を殺す人間がいるなんて、信じられない」

「では……」

と、仁科がやって来て言った。「そろそろ時間も過ぎるので」

「――大騒ぎだね」

と、真美が言った。

「社葬がこんなに意外なことになるなんて、まずないだろうね」

と、和敏が言った。

「私が行っても大丈夫かしら」

と、あかねが言うと、

「刑事さんから伺《うかが》ったので、事情は列席の方々に知らせておきました」

と、仁科は言った。

「ありがとう」

少しホッとした様子で、あかねは言った。

「仁科さん、佐々本さんたちを、席に案内してね」

「分りました」

「国友さんたちも、残って」

と、夕里子が言った。「いいでしょ？」

「お席を用意します」

と、仁科が即座に若い社員を呼んで言いつけた。

夕里子は、改めて、笹原雄一郎が殺されたときの状況を、国友から聞かなければ、と思った。

事件は振り出しに戻ったのだ。

——広い告別式の会場へと、あかねと真美が入って行く。

すると、誰からともなく拍手が起った。

一瞬当惑していたあかねは、その拍手が自分へ向けられたものだと知って、顔を紅潮させ、立ち止って深々と一礼すると、遺族の席についた。

社葬は始まったのである。

4 思惑

「奥様」

と、副社長の伊東は、あかねの席へ行って、「話を聞いて安堵《あんど》しました」

「伊東さん……」

「奥様があんなことに係るはずがないと思っていました。丸山さんという方も、疑いが晴れたそうで、何よりでした」

「ありがとう」

あかねはちょっと涙ぐんで、「ご心配をかけて。——そうそう、手術したんでしょう？　もう動いても大丈夫なんですか？」

「はあ、おかげさまで」

「じゃ、うまく行ったんですね。良かったわ。奥様も喜んでおいででしょう」

「まあ、一応は」

と、伊東は言った。「会社の方は、順調に運んでいます。ご安心を」

「よろしくお願いします」

伊東は、あかねの隣の真美にも会釈《えしやく》して、

「――そちらが和敏さんですね」

「そうなんです。和敏さん、こちら、副社長の伊東さんよ」

と、あかねが紹介した。

「この社葬が済みましたら、改めてご挨拶《あいさつ》いたします」

と、伊東は言った。

伊東が席に戻る。

大がかりな社葬が始まった。

こんなことって……。

大勢の人の中に埋《うも》れるように座っていた伊東良子は、内心面白くなかった。

もしかしたら、夫が副社長から昇格して社長になるかもしれない、と思っていた。

しかし、思いがけない展開になってしまった。

いや、今でも、伊東が社長になる可能性はある。笹原あかねは、もちろん経営などできないだろうし、突然現われた笹原雄一郎の弟だって、素人《しろうと》同然のはずだ。

しかし、笹原の血を受け継いでいる人間が存在するということは、日本の企業風土の中では、まだまだ重い意味を持っているのだ……。

そうだわ、と伊東良子は思った。あの秘書の仁科と話してみよう。

良子は仁科と親しいのだ。仁科の手もとには、色々と情報が入っているに違いない……。

佐々本三姉妹は、別に笹原家の親族でも何でもないので、一般の客の間に座っていた。

周囲は、どう見てもよく似通ったビジネスマン。黒のスーツとネクタイの間で、女の子三人はかなり目立っていた。

「——大逆転だな」

と、小声で話しているのが耳に入ってくる。

「ああ、夫人が無実となると、笹原家の威光がまだ残るってことだ」

「鍵は、突然現われた弟だろ」

「お前もそう思うか？」

「当然だよ。このタイミングで帰国するなんて、兄貴の後を継ごうとしてるんだ。決ってるさ」

「しかし、伊東副社長が社内で一派を作ってるって話だぜ」

「お家騒動だな、当分は。――面白いぜ、こいつは」

「なあ……。あの未亡人と、和敏って弟、できてるんじゃないか？」

「お前もそう思ったか？　さっき、チラッと見かわした目つきが、普通じゃなかったな」

――夕里子は、耳に入ってくるヒソヒソ話を聞きながら、みんなどうして同じようなことばっかり考えるのかしら、と思っていた。

いかにも安手なメロドラマにありそうな話だが、少なくとも夕里子が見ている限りでは、笹原あかねが夫の弟と「できてる」なんて気配は全くなかった。

「アホか」

と、珠美が言った。

珠美も同じ話を聞いていたらしい。

「何のこと?」

「だって、〈笹原インダストリー〉って、笹原家がオーナーの企業でしょ。誰が社長を継いだって、しょせん雇われ社長じゃない」

「まあね」

と、夕里子は苦笑して、「勤めてる人って、会社の偉い人がもめるのが楽しくてしようがないのよ」

「スケール、ちっちゃい」

と、珠美は首を振って、「私、そんな男と結婚しない」

「あんたならそうでしょうね」

と、夕里子は言った。「お焼香、大分かかりそうだね」

こんな妙な話って……。

倉原依子は国友の隣に座って、読経の続く中、笹原あかねを最初に、焼香が始まるのを眺めていた。

そう。——絶対におかしい。どこかが間違っているのだ。

一旦《いったん》犯人を逮捕して、片付いたはずの事件が、ふり出しに戻ることぐらい、現役の刑事を苛立《いらだ》たせるものはない。

その点、倉原依子も例外ではなく、何か裏にあるにせよ、丸山佑一が無実だとは、どうしても考えられなかった。

国友には、あまりそういう気持はないようだが、依子は正直、国友の前で怒りを爆発させたいのを、何とかこらえていた。

絶対に——絶対に、丸山佑一と笹原あかねをもう一度、挙《あ》げてみせる！

——焼香が進んで、あの三人姉妹が並んで焼香するのが見えた。国友と依子はもう少し後だ。

依子は、あの次女の夕里子が席へ戻ろうとして、依子たちのそばを通ったとき、チラッと国友と目を合せるのを見た。

一瞬、夕里子の口もとに笑みが浮かび、国友もそれに応えて小さく肯いて見せた。

あの子は……。国友さんが、あんな女の子に惚《ほ》れてる？

その話は、依子も聞いていた。あの三人姉妹が係って、解決した事件もあったらしい。

でも——あんな素人の三人娘が、どうしたっていうの？

依子は自分でもびっくりするような苛立ちを覚えた。国友さんが、あんな高校生の女の子をまともに相手にしているなんて！

相手に？　――でも、まさかあの子と国友さんが「恋人同士」などということが？

そんなわけない！

国友さんに限って、そんな……。

「――大丈夫かい？」

と、国友に訊かれて、依子は、

「え？」

と、戸惑った。

「いや、何だか顔色が良くないよ」

「そんなこと……。何でもないです」

依子は急いで言った。

気持が顔に出てしまったのだろうか。――依子は気を取り直したものの、今まで気付いていなかった自分の思いをはっきり見つめることになった。

そう。依子は、自分が佐々本夕里子に嫉妬《しっと》していると認めざるを得なかったのだ。

でも、これって当然の、正しい感情じゃない？

十七歳の女子高生より、二十八歳の刑事の方が、国友さんにふさわしい。どう考えたってそうだ。

国友さんは、あの子を「妹みたいに」思っているのかもしれない。でもあの子の方は国友さんを好きなようだ。

とんでもない話だ。——依子は、もう一度丸山佑一と笹原あかねの罪を暴《あば》いてやって、国友を感心させたいと思った。

国友は依子を単なる同僚としか思っていないだろう。でも——依子は「女として」見てほしいと思った。

いや、自分がそう思っていることに、今初めて気付いたのである。

負けるもんですか、と依子は心の中で呟いた。佐々本夕里子に、大人の仕事ぶりを見せつけてやるのだ……。

一般客の焼香が始まっていた。

焼香がすめば、そのまま帰って行く。——〈笹原インダストリー〉に仕事上で係りのあった企業は数え切れないほどある。

一般客の列は、斎場の外の通りまで続いていた。

伊東は、もちろん副社長という立場上、帰ってしまうわけにいかない。

仁科がそばへやって来ると、

「副社長、柳本《やなぎもと》さんが」

と、小声で言った。

「柳本君が？　ニューヨークにいるんじゃなかったのか」

「駆けつけて来られたようで、たった今、車が」

伊東は振り返って、斎場へ足早に入って来る黒いスーツの女性を見た。いつものことながら、機能的な印象の女性である。

「隣の席を」

と、伊東は仁科に言った。

「分りました」

仁科が、空いていた椅子を一つ急いで持って来ると、伊東の隣の席を動かして、隙間に押し込んだ。

間一髪、間に合った。

「遅れまして」

と、柳本安代《やすよ》は言った。「成田は遠いもので」

「大丈夫だ。この席に。――ともかく先に焼香して来たまえ」

「はい」

柳本安代は肯いて、「でも、割り込むわけにもいきません。最後に焼香させていただきます」

と、椅子にかけた。

「ニューヨークから？」

「ちょうどロスにいたんです」

と、柳本安代は言った。「ロスからだと、ぎりぎり間に合うと分ったので」

「ご苦労さん」

柳本安代は遺族席を見て、「あかねさんは逮捕されたんじゃないんですか？」

「ああ、君は知らないんだな。ついさっき、我々も聞かされてびっくりしたんだ」

伊東が事情を簡単に説明すると、

「そうでしたか。——あかねさんが共犯なんて思えませんでした」

と、安代は肯いて、「一つ隣の男性は？」

「笹原和敏さんだ。社長の弟だよ」

「ああ……。噂では聞いていますけど、本当にいらしたんですね」

安代は立ち上ると、遺族席へと歩いて行った。

「——あかねさん」

「まあ！　安代さん。戻ってらしたの？」

「さっき成田に」

「ご苦労さま。とんでもないことになって」

「そうですね」

「安代さん、こちら。——笹原和敏さん」

「伊東さんから今うかがいました。柳本安代といいます」

「安代さんは海外事業部長。アメリカだけでなく、ヨーロッパ全体もまとめているの。英語、フランス語、ドイツ語……。語学の天才なんだって、いつも主人が話していたわ」

「どうも」

と、和敏は安代と握手して、「僕も、アフリカの現地の言葉なら三つ四つ、しゃべれますがね」

「よろしく」

安代は、あかねの方へ、「今夜は泊ります。その後のことは……」

「会社のこれからのことで、会議があると思うわよ」

「かしこまりました」

安代はそう言って、席へと戻って行く。

「——主人が信頼していたわ、あの人のこと」

と、あかねは言った。「ずっと独身で頑張ってるの」

「そうですか……」

和敏は何だかぼんやりしている。

「どうかした？」

と、あかねが訊く。

「いや、ああいう都会的な女性を、しばらく見ていなかったので」

と、和敏は言った。

5　罪ある者

何かあったんだ。

——高校から帰ったあかねは、住んでいる団地へ足を踏み入れたとたん、そう思った。

四階建の、エレベーターのない古い棟が身を寄せ合うように立っている、小さな団地である。

じめじめした梅雨の一日だった。雨は降っていなかったが、どんよりと曇って、あかねは「早く買物に行かないと、降り出しちゃう」と思っていた。

だから、少し汗をかくのは承知で、急ぎ足で高校から帰って来たのである。

しかし——団地の中に、パトカーが三台も停っていて、警官の姿が見える。どうしたんだろう？

村上《むらかみ》あかね。――笹原あかねになる八年前、十六歳の高校一年生のときだった。

そこここで、奥さんたちが集まって立ち話をしている。――あかねは近くの部屋の奥さんを見付けると、

「どうしたんですか？」

と、声をかけた。

「ああ、あかねちゃん！　今帰り？」

「ええ……」

と肯いて、「何か事件でも？」

「そうなのよ。まあ……」

と、その奥さんは口ごもったが、「でも、あかねちゃんももう高校生だしね。それにお宅のおじいさんは元刑事でしょ」

「もうずいぶん前ですけど」

「でも、さっきお巡《まわ》りさんと話してたわよ。やっぱり経験がものを言うんじゃない？」

あかねは、曖昧《あいまい》に首をかしげて見せた。祖父が刑事だったことを、あかねはあまり

知られたくなかったのだ。

「――ほら、有田《ありた》さんとこの女の子、いるでしょ。テルちゃんって」

と、その奥さんは少し声をひそめて、「いつもその辺で遊んでるじゃない」

「ええ、知ってます。照子《てるこ》ちゃんですよね」

「そうそう。その子がね、自転車置場の裏で男にいたずらされたの」

「まあ……。それで……」

「ねえ、いやな事件よね。あの子、まだ五つか六つでしょ？　そんな小さい子に……」

「照子ちゃん、大丈夫だったんですか？　けがさせられたとか……」

「ああ、それはないみたい。もちろん、念のために病院に運ばれてったけど」

「そうですか……」

そのとき、あかねは警官たちを相手に、身ぶり手ぶりをまじえて話している祖父、村上兵助《ひょうすけ》を目にした。

おじいちゃん、いつになく張り切っている。――あかねは、話し足りない様子の奥さんに、

「じゃ、失礼します」

と会釈して、急ぎ足で1号棟へと向った。

1号棟の〈301号室〉が、あかねの家だ。

階段を駆け上って、〈301〉へ。

もしかして――と思ったが、その通りだった。おじいちゃん、鍵をかけてない。

部屋へ入ると、あかねは急いでブラウスとスカートを脱いで、Tシャツ、ジーンズに着替えた。

雨が降り出す前に、買物して来たかった。お財布と買物用の袋を手に玄関を出たが、開け放しにはして行けない。

鍵をかけ、一階へ下りて行くと、祖父の村上兵助はまだ巡査を相手にしゃべっている。

仕方なく、あかねは、

「おじいちゃん！」

と呼びかけたが、兵助は一向に気が付かない様子だ。

あかねは駆けて行って、祖父の肩を叩いた。

「――何だ、あかねか」

「買物に行ってくるから。部屋の鍵、持ってるよね？」

「それどころじゃない。聞いたか？」

「聞いたけど、おじいちゃん、もう刑事じゃないんだから」

「何を言ってる！　こういう事件こそ、日常を知ってる住人の方がよく分るんだ」

いつものおしゃべりが始まる。あかねは遮《さえぎ》って、

「じゃ、行って来るから！」

と、駆け出すようにその場を立ち去った。

――あの調子じゃ、買物から帰っても、まだおじいちゃん、お巡りさんとしゃべってるかも、と思っていた。

村上あかねは祖父、村上兵助と二人で、この団地に暮している。

あかねの母、村上紀子《のりこ》は学校の教師だったが、同僚の既婚の男性と恋をして、あかねを生み、未婚の母になった。

刑事だった村上兵助は、「ふしだらな娘」を口汚なく責め続けた。あかねが小学校に入った年、紀子は兵助が暴力を振るうようになったこともあって、突然家を出て姿を消した。

自殺したのだろうと噂されたが、兵助は娘の行方《ゆくえ》を捜《さが》そうともしないで、この団地へ越して来て、孫のあかねと暮すようになったのだ。

以来、男やもめの兵助とあかねの二人暮しが始まり、あかねは掃除洗濯から食事の用意まで、ずっとやって来ることになったのである。

そして、あかねは十六歳になった……。

「先輩！」

と、あかねは手を振った。

「ああ。――村上か」

昼休み、校庭でぼんやり座っていた、二年先輩、高校三年生の丸山佑一は、あかねが走って来るのを見て、笑顔になった。

「――どうしたんですか？」

と、あかねが訊くと、

「え？　どうした、って？」

「いやだなあ。今日、昼休みに部室へ来いって……」

と、あかねが言うと、

「そうか！　忘れてた、ごめん！」

と、丸山は手を合せた。

「いいですよ」

と、あかねは笑って、「丸山先輩も、約束忘れること、あるんだ」

「本当だな」

と、丸山は苦笑した。「悪かった」

丸山佑一は、高校の陸上部の先輩だ。あかねたち一年生を熱心に指導してくれている。しかも運動部にありがちな、「先輩風」をふかすでも、不必要にしごくでもない、やさしい三年生で、部長として好かれていた。

あかねだけでなく、陸上部の女子部員には、丸山に恋心を抱いている子が、あかねの知っているだけで三人はいた……。

「夏休みの練習のことでしょう？」

「うん。そうなんだが……」

何だか様子がおかしかった。あかねは気になって、

「どうかしたんですか？」

と訊いた。

「いや、ちょっとね……。ごめん、明日、また話すよ」

と言って、丸山は校舎へ戻って行ってしまった。

そして——午後の授業のとき、それは起った。

授業中、突然廊下が騒がしくなった。

「何だろう？」

と、みんな顔を見合せていると、

「あかね！」

と、同じ陸上部の一年生の子が廊下を駆けて来て、教室のドアを開けた。「丸山先輩が警官に」

「え？」

先生が止めるのも耳に入らず、あかねは教室から飛び出した。

校舎の玄関へと走ると、正面につけたパトカーに、丸山が手錠をかけられて、乗せられるところだった。

「先輩！」

と、あかねが呼ぶと、丸山は振り返って、

「俺は何もやってない！」

と叫んだ……。

その後、あかねは自分のいる団地で女の子にいたずらした容疑で、丸山が連行されたことを知って愕然《がくぜん》とした。

丸山の家は確かにあの団地から歩いて五分ほどの所だ。しかし、丸山がそんなことをするはずがないことを、あかねはよく知っていた。

憤《いきどお》りでカッカしながら帰宅したあかねは、何も言わずに着替えていたが――。

「おい、あかね」

と、祖父の兵助が声をかけて来た。

「なあに？」

と、茶の間に行くと、

「丸山って男、知ってるか」

面食らって、

「三年生の丸山先輩のこと？」

「ああ、丸山佑一っていうんだろ」

「そうだけど……」

「今日、逮捕されたろう」

――あかねは青ざめた。

「おじいちゃん……。どうして知ってるの？」

「俺が教えてやったんだ」

と、兵助は得意げに、「そいつの親父《おやじ》はな、前科者なんだ。俺が昔、挙げたことがある」

「それが何なの？」

と、あかねは言った。

「奴の罪は婦女暴行だった。それで充分だろう」

「だって……それって、父親のことでしょ？　どうして息子がやったことになるの？」

「そりゃ、お前にとっちゃいい先輩かもしれんな。しかし、俺には分る。そういう奴の息子は、いずれ何かやらかすのさ」

「そんな無茶なこと！」

と、あかねは言った。「何か証拠でもあるの？」

「あいつは、このところ、ちょくちょくこの団地の中をうろついてた。それに、あの照子って子と話してるのを目撃した」

「そんな……そんなわけないわ」

と、あかねは言い返した。「先輩は陸上部のことで毎日学校に残って大変なのよ。

私、先輩がこの団地に来たところ、見たことないわ」

あかねはそう言い切ると、

「先輩を見た人って、誰なの？」

兵助は答えずに、

「済んだことだ。もう忘れろ。今夜は昔の仲間と会うことになってる。晩飯はいらん」

と、早口に言うと、「出かけてくる」

しわになった上着をはおって、兵助は玄関へと出て行った。あかねは、

「教えてよ！　誰が先輩を見かけたの？」

と、玄関へ追いかけて訊いた。

兵助は玄関のドアを開けて、出て行きかけ、振り向くと、

「俺だ」

と言った。

ドアが閉る。——あかねは呆然《ぼうぜん》と立ちすくんでいた。

祖父の言い方で、丸山佑一を団地で見たとか、照子と話しているのを見たと言っているのがでたらめだと分った。

「――先輩」

　と、あかねは呟いた。

「どうぞお飲み下さい」

　笹原あかねは、夕里子たち三人にコーヒーをすすめた。

　社葬が終って、まだ斎場には大勢の人々の気配が漂っているようだった。

　斎場の入口近くにあるカフェに入って、夕里子たち三人はあかねの話を聞いていた。

「――それで、どうなったんですか？」

　と、夕里子が訊いた。

「私、警察へ行って、祖父の話はでたらめだと訴えました。でも、相手にしてくれませんでした」

　と、あかねは言った。「その晩、祖父は帰って来ませんでした。私が怒っているのが分っていたので、面倒だと思ったんでしょう。――でも幸運でした。次の日に、本当の犯人が捕まったんです」

「そうですか！」

「他の女の子にいたずらしようとして。その男が団地にいたところも、見た人がいて分りました」

「良かったですね」

と、夕里子は言った。

「でも……」

と、あかねは目を伏せて、「結局はひどいことになってしまったんです」

「疑いは晴れたんでしょう？」

「本当の犯人が、照子ちゃんの事件も自分がやったと認めていたのに、丸山さんが釈放されるまで三日もかかったんです」

「それって……」

「祖父が何か言ったんだと思います。見せしめのようなものだったんでしょう。――やっと釈放されたと知って、私は丸山さんのお宅にお詫《わ》びに行きました。祖父には何を言ってもむだだと分っていましたから。でも……丸山さんの家は空家になっていました」

「じゃあ……」

「父親のことが知られたせいもあって、引越してしまったんです。どこへ行ったかも分りませんでした」

聞いていた珠美が、

「国友さんに聞かせてやりたい」

と言った。

「国友さんなら、そんなことしないわよ」

と、夕里子は渋い顔で言った。

「もっとひどいことがあるんです」

と、あかねは言った。「私、後で調べてみました。丸山さんのお父さんは、確かに婦女暴行で逮捕されたんですが、結局証拠がなくて不起訴になっていたんです。ですから前科者じゃなかったんです」

「お祖父《じい》さんはそれを承知で……」

「もちろんです。きっと、せっかく俺が逮捕したのに、って恨《うら》んでいたんでしょう。私、祖父に問い詰めてみましたが、祖父はとぼけるだけでした。──私は、高校をやめて独立しようと決心しました。とても祖父とは暮せないと思って。でも──祖父は三ヵ月後に心臓発作で亡くなってしまいました」

あかねは口もとに苦い微笑を浮かべると、

「何とか、ひと言、『すまなかった』と言わせたかったですわ」

と言った。

少し間があった。夕里子はコーヒーを飲み干してカップを置くと、

「その記憶があったからなんですね」

と言った。「丸山佑一さんを、何とか逃がそうとしたのは」

「ええ」

と、あかねは肯いた。「真美ちゃんの家庭教師としてやって来た丸山さんと再会したときは本当に驚きました。もちろん、向うもすぐに私のことが分ったのですが、私は笹原雄一郎の妻です。もちろん、十六歳のころ、丸山さんのことを、私は男として愛していたわけじゃありません。先輩として心から尊敬していたんです。でも、十年もたって、私も立場上、全くの初対面のふりをしていました」

「その丸山さんが、殺人の容疑をかけられた……」

「ええ。私はすぐに十年前のことを思い出しました。丸山さんを二度とあんな目にあわせてはいけない！　絶対に丸山さんを守るんだ、と決心したんです。——丸山さんのアリバイなど全く知りませんし、夫が殺された状況から、丸山さんに疑いがかかることは分っていました。ですから、ともかく丸山さんを逃がして、隠れている間に本

当の犯人が捕まれば、と思っていました。逃亡を助けて、私も罪になるとしても仕方ない、と心を決めていました」

「よく分ります」

と、夕里子は肯いた。「でも、丸山さんにはアリバイがあったんですから……」

「ホッとしました。もちろん、もともと丸山さんが主人を殺したなんて考えていませんでしたけど」

と、あかねは言った。

「あかねさん」

と、夕里子は言った。「すみませんが、笹原雄一郎さんが殺されたときのことを、話していただけませんか」

「ええ、もちろん」

と、あかねは肯いて、「ちゃんと話せるかどうか……」

そのとき、カフェの入口の扉が開いて、

「ここにいたんだ」

と、真美が入って来た。

「真美ちゃん。栄子さんと帰ったんじゃなかったの？」

「お母さんと一緒に帰りたかったの」

「まあ……。ありがとう」

「楽しそうだね。私も仲間に入れて」

と、真美は言った。

「そこ、席が空いてるわ」

と、夕里子が言うと、

「もう一つ、空けないと」

と、真美は言って、「ほらね」

と、入口の方を振り向いた。

入って来たのは、疲れた様子の、しかし晴れやかな表情をした、丸山佑一だった。

「丸山さん……」

あかねは立ち上って、「良かったわ!」

と、声を震わせて言った。

「心配かけたね」

と、丸山は言った。「でも、今度もちゃんと疑いが晴れたよ」

「信じてたわ」

「ね、丸山先生、お腹が空いてるんだって」

と、真美は言った。

「いや、真美君。僕はお金を持ってないから……」

「そんなこと」

と、あかねは首を振って、「早い方がいいわね。じゃ、ここで……。カレーライスぐらいならあるわよ」

「私も食べる！」

と、真美が手を上げた。

「私も」

と、珠美が当然のごとく、手を上げた。

かくて――店は突然カレーを六つも注文されて、あわてることになったのである……。

6　カレーなる会話

笹原雄一郎の〈社葬〉が終った後、斎場近くのカフェで、佐々本三姉妹は、笹原あかねと娘の真美、そして疑いの晴れた丸山佑一と一緒にカレーライスを食べていた。

七杯のカレーは、アッという間に平らげられた。——六人だったが、釈放されてやって来た丸山佑一が、あんまり空腹で、二杯食べていたのである。

「ああ、生き返った！」

水をガブ飲みして、丸山が息を吐きながら言った。

ただ空腹を充《み》たしたというだけでなく、殺人の容疑者という立場から解放された思いが、そのひと言にこもっていた。

「丸山さん……」

笹原あかねが、ちょっと目を伏せて、「ごめんなさい」

と言った。

丸山が当惑顔で、

「どうしてあかねさんが謝るんだい？」

「だって……十年前といい、今度といい、私と係り合うと、あなたはひどい目にあって来たわ」

「そんなこと……。君のせいじゃないよ」

「でも……やっぱり気が咎《とが》めるわ」

「それより、君こそ僕を助けようとして、ご主人を殺した共犯扱いされた。こっちこそ謝らないと」

あかねがちょっと涙ぐんで、ハンカチで目を拭《ぬぐ》った。

「――こんな店にしちゃ、まともなカレーだった」

と、珠美が評価した。

「お店の人に聞こえるわよ」

と、夕里子が苦笑いした。「それより、事件のことを聞かせて下さい」

「僕が話した方が早いかもしれない」

と、丸山が言った。

そのとき、夕里子のケータイが鳴った。

「すみません！」

夕里子は立って、店の表に出た。かけて来たのは、クラスメイトの間由香だ。

「どうしたの、由香？」

「今、外にいるの？」

「笹原雄一郎さんのお葬式」

「それでケータイ、切ってあったのか。この間、一緒の会に出た〈ワルキューレ〉の堀田《ほった》さん、憶えてるでしょ」

「もちろん」

「夕里子に連絡したくて、ケータイにかけてたけど、つながらないって、私にかけて来たの」

「悪いことしちゃった。何の用だったの？」

夕里子がリーダーをつとめる女子中高生のコーラスグループ〈碧空〉でピアノを弾いているのが間由香である。

笹原真美もメンバーになっている〈碧空〉は、三ヵ月ほど前、いくつかのコーラスグループが合同で開いたイベントに出演した。そのときの企画運営を担当してくれたのが、〈ワルキューレ〉の堀田初《はじめ》という人だ。

〈ワルキューレ〉は、〈碧空〉と違って、大人の男女三十人ほどのグループで、かなり長い歴史を持ち、確か堀田初は五人めか六人めのリーダーだった。

アマチュアのコーラスグループとしては、〈ワルキューレ〉は抜群の能力があり、ほとんどセミプロ級と言っても良かった。

「あのね、堀田さんたち、十二月にクリスマスコンサートを開くんですって」

「ああ、知ってるよ。この前、チラシもらったじゃない」

「それでね、一緒に出るはずだった児童合唱団が、何かトラブルで出られなくなったらしいの」

「それって、まさか……」

「その『まさか』なのよ！　〈碧空〉に、ぜひ出てほしいって」

「ええ！　だって、もう十一月だよ！　急にそんなこと言われても……」

「堀田さんも、それは分ってるみたいだった。そこを何とか、って。断るなら、夕里子、断って」

「ちょっと、由香……」

文句を言いたかったが、リーダーは自分だ。仕方ない。

「分った。堀田さんに連絡する」

と言って、夕里子は通話を切ると、「――参ったな」

と呟いた。

ともかく今は長話をしていられない。

夕里子はカフェの中へと戻って行った……。


その日、丸山佑一は決心していた。

簡単なことだ。――笹原雄一郎に、ひと言、

「辞めます」

と言えば、それですむ。

別に正社員が辞職するのではない。娘の家庭教師が辞めるくらい、大したことじゃないだろう。別に雇用契約を結んでいるわけでもないのだから。

それでも、丸山はかなり緊張していた。

昼の十二時に、笹原雄一郎を会社へ訪ねることになっていたので、せいぜい朝も十時ごろ起きれば充分だった。

アルバイトの翻訳の仕事で、夜中の三時過ぎまで起きていたので、十時に目覚しをかけて寝た。

しかし、目が覚めたのは朝七時だった。やはり、笹原雄一郎に会うと思うと、緊張で目が覚めてしまったのだ。

もうひと眠りしようかと思ったが、目が冴えてしまって、眠れそうもなかった。

仕方なく、丸山は起き出して、カップラーメンの朝食をとり、仕度《したく》をした。そして、ゆうべの翻訳の仕上った分を、先に届けることにしたのだ。本当は、笹原と会った帰りに出版社に寄るつもりだったのだが。

アパートを出ると、丸山はコートのえりを立てた。北風が冷たい。

あかねが、マフラーをくれると言ったが、丸山は断った。あかねの夫、笹原雄一郎が使い古したマフラーをもらいたくはない。

「やせ我慢って言うんだな、こういうのを……」

と、丸山は呟いて、足を早めて駅へと向った。

丸山佑一はT大学に勤めていた。といっても教授とか講師ではない。事務の、それも夜警である。

〈家庭教師募集〉の貼紙を大学で見たとき、〈資格〉が何も記入されていなかったので、だめでもともと、というつもりで面接に行った。

笹原雄一郎は、丸山の履歴書を、チラッと見ただけで、

「まあいいだろう」

と言って、娘の真美に引き合わせた。

爽《さわ》やかな気持のいい娘で、丸山とも気が合った。こうして、アッサリと丸山は笹原真美の家庭教師として雇われることになったのである。

あかねに会ったのは、初めての授業で、夜、笹原邸に行ったときだった。

もちろん、ひと目でお互い相手のことが分った。

あかねも「丸山先生」という名前しか知らなかったので、まさかあの丸山とは思ってもいなかったのだ。

しかし――丸山は別にあかねの恋人でも何でもなかったのだから、至って普通に、

「よろしくお願いします」

と、初対面のように挨拶した。

丸山はもともと理数系に強く、真美の苦手な課目を分りやすく教えることができた。

初めての授業の後、ケーキと紅茶をもらいながら、丸山は真美が、

「丸山先生、教え方が凄く上手だよ！」

と言うのを聞いて嬉しかった。

しかし、いつも真美も一緒にいるので、丸山があかねと話す機会はなかなか訪れなかった。

週二回、笹原邸に通うようになって、ひと月ほどたったころ、真美がクラブ活動で帰宅が三十分くらい遅れて、初めて丸山とあかねは二人きりで向い合った。

「――丸山先生。いえ、先輩」

「いや、それは……」

と、丸山は何とも言いようがなく、「偶然とは面白いね」

「お会いできて良かったです」

と、あかねは言った。「あれからもう十年……。一度、ちゃんとお詫びしたかったんです」

「あなたのせいじゃないですよ」

「でも、祖父があなたにあんなひどいことを……」

「過ぎたことですよ。お祖父さんは……」

「亡くなりました。あの後、間もなく」

「そうでしたか……」

「お父様は？」

「父も……もう七年になりますね」

と、丸山は言った。「ちょうど大学の途中でね。父は一年近く入院していたので、僕は大学を中退して働いたんです」

「ご苦労なさったんですね」

「まあ……誰でも苦労することはありますからね」

丸山はそう言って、「いや、良かった。憶えていてくれたと分って」

「忘れるわけありませんよ。でも――今、こんな立場なので……」

「しかし、真美ちゃんは本当にいい子だし。幸せそうだ」

その言葉を口にするには、少し努力が必要だった。

あかねは微笑んで、

「四十二も年齢《とし》が違うんですもの」

とだけ言った。

なぜ、あかねが笹原雄一郎と結婚することになったのか、もちろん丸山としては知りたかったが、家庭教師の訊くようなことではない。

「真美ちゃん、学校の勉強が楽しくなった、って言ってます」

と、あかねが言って、二人の話は真美のことに移った。

その内に真美が帰って来て、急いで夕飯を食べて、勉強に入った。

それ以来、丸山はあかねと「過去」のことについて話すことはなかった。

笹原から受け取る料金は、普通以上で、丸山は大学の夜警の給料とアルバイトだけでは苦しかったので、大いに助かった。

真美の学校での成績も上り、何もかも順調にいっていると思われたそのときに――。


事件の起った日の前日のことだった。

夜警の仕事は毎晩ではなく、丸山はもちろん、仕事の入っていない夜に、笹原邸へ行っていた。

その日は家庭教師に行く日ではなく、夕方に大学へ行けば良かったので、丸山はアパートで昼寝していた。

ケータイが鳴って、出ると、

「丸山佑一さんですね」

と、事務的な口調の男性で、「笹原雄一郎の秘書です」

「はあ」

何だろう？

「お待ち下さい」

少し間があって、

「笹原だ」

びっくりした。笹原雄一郎当人だ。

「丸山ですが……」

「真美の家庭教師は辞めてもらう」

丸山は面食らった。

「あの――なぜでしょうか」

「理由が必要か？」

「聞かせて下さい」

「君は大学中退してるんだな。私に隠していた」

「待って下さい、それは――」

「それに、私の妻との昔の関係についても、黙っていた」

「関係、なんて。同じ高校の先輩後輩だっただけです」

「ともかく、辞めてもらう」

「一方的です！」

丸山はつい大声を出していた。「納得できません！」

少しして、

「そうか」

と、笹原が言った。「何か言い分があるのか」

「あります」

「よし、聞いてやろう。明日の昼の十二時に、会社へ来い」

「分りました。必ず伺います」

通話を切って、丸山は息をついた。

状況がよく呑《の》み込《こ》めていなかった。――あかねとのことを、誰が笹原雄一郎に話したのだろう？

しかし、ああはっきり言われた以上、クビは確実だろうと思った。

それでも、言い分はある。もともと資格を明記するようになっていなかったのだから。

「——言うことは言ってやる」

丸山は自分へ言い聞かせるように、口に出して言った。

ただ——少し時間がたつと、丸山は首をかしげた。

笹原雄一郎のような忙しい人間が、しかも向うは大企業の社長だ。なぜわざわざ丸山と会うと言ったのだろう。

丸山のために時間を割《さ》く？　そこには何か他の理由があるように思えた。

むろん、それが何か、丸山には見当がつかなかったが。

そして翌日、丸山は笹原雄一郎に会いに行ったのである……。

「どうなってるんです？」

と、丸山はお茶を出してくれた女性に言った。「十二時に来いとおっしゃったんで、伺ったんですが……」

「もう少々お待ち下さい」

何度めかの返事も同じだった。

「ちっとも『少々』じゃないですけどね……」

つい、いやみの一つも言いたくなる。

笹原雄一郎を社長室へ訪ねたものの、

「少々お待ち下さい」

と言われて、もう三時間もたっていたのだ。

もちろん、相手は大企業の社長。丸山はしがない大学の夜警で家庭教師。文句をつけられるような相手でないことはよく分っている。しかし、それはそれだ。

いくらこっちが安アパートに住む人間だからといって、三時間も待たせていいということにはなるまい。

出されたお茶ももう何杯目か。二度もトイレに行くはめになった……。

ドアが開いて、また女性秘書が入って来た。

「大変お待たせいたしました」

やっと来るのか。——立ち上ると、

「もうしばらく時間がかかるそうです」

「は？」

「お昼を召し上っていないと思うので、よろしければ、このビルの地下にあるレストランで昼食をお取り下さい、とのことで」

「あの……」

「伝票に、〈笹原〉とサインしていただけばお支払いいただかなくて大丈夫ですから」

「しかし――」

「どのメニューを召し上っていただいても構いません。よろしく」

女性秘書はさっさと行ってしまった。

「――冗談じゃないぞ！」

と、文句を言ってみても、誰も聞いていない。

地下のレストラン？　――確かに、丸山は腹が減っていた。

「しかし……なあ」

別にこっちが頼んだわけじゃない！　そうだとも。

結局、丸山は言われるままにエレベーターで地下一階へ下りて、そこのレストランに入ったのである。

一番高いステーキでも頼んでやろうかと思ったが、それもみっともない、と思い直して、ハンバーグ定食にした。

やはり空腹だったので、アッという間に平らげてしまい、ついでにコーヒーを飲んでいると、

「丸山様ですね」

と、声をかけられた。

見れば、白手袋をした、ドライバーらしい男。

「丸山ですが……」

「お車でご案内いたします。どうぞ」

「案内って……。どこへ？」

「笹原の指示の場所でございます」

と、その男は言って、「どうぞ、おいで下さい」

と、さっさと行ってしまう。

丸山はあわてて追いかけた。

階段をさらに下りると、地下の駐車場に出た。男は大きな外車のドアを開けて、

「お乗り下さい」

一体何を考えてるんだ？

ここまで来ると、丸山は「もうどうにでもなれ」という気持になっていた。

きっと、このドライバーらしき男に訊いたところで、笹原がどういうつもりなのか、答えられないだろう。

「分ったよ」

どこへでも連れてってくれ。——半ばやけになって、丸山は車に乗り込み、広いシートにドッカと座り込んだ。

そして車は静かに走り出したが、ともかく次元の違う滑《なめ》らかな走りと、ゆうべちゃんと眠れていないこと、そしてたった今、お腹一杯食べたことで、当然の結果として——数分後には座席でウトウトし始め、じきぐっすりと寝入ってしまったのである……。

「——どうぞ」

と、声をかけられ、ハッと目が覚めると、もう車は停っていた。

どこかの建物の地下駐車場らしかった。

「ここはどこ?」

と、丸山が訊いても、ドライバーは答えず、

「そちらにエレベーターが」

と指し示すと、「五階へおいで下さい」

丸山は、何を訊いてもむだだと悟って、結局言われるままに、エレベーターへと足を向けた。

〈B2〉というフロアらしい。エレベーターに乗ると、〈30〉まで数字があった。おそらく、高層マンションだろう。

言われた通り、〈5〉を押すと、まだ少し頭がボーッとしていて、欠伸《あくび》が出た。

エレベーターの扉が開く。

目の前に立っていたのは、スーツにネクタイの、どこかで見たことのある男だった。

「ああ、笹原さんの秘書の方……」

「はい、仁科と申します」

と、その男は言って、「笹原の部屋へご案内します」

「笹原さんはそこにおいでなんですか？」

と、廊下を歩きながら言った。

「いえ、まだ来ておりません」

「また待たされるんですか？」

つい、グチも言いたくなる。

「笹原は大変忙しいので……」

「それは分ってますけどね」

たかが娘の家庭教師をクビにするのに、こうまで面倒なことをするものだろうか？

マンションの一室へ通されると、

「こちらでお待ち下さい」

と、仁科は丸山を置いて、出て行ってしまった。

笹原邸の大きさに比べれば、ここは普通の広さらしかったが、それでも充分に立派なマンションである。

居間のソファに座っていると、

「いらっしゃいませ」

突然声がして、丸山はびっくりした。

「ああ、驚いた！　いや——誰もいないと思ってたんで」

家政婦なのだろうか。エプロンをして、お茶を運んで来た。

「どうぞ」

「はあ……」

「失礼いたします」

お茶を出したと思ったら、さっさといなくなってしまった。

ここはどの辺なのか、訊こうかと思ったのだが、そんな間もなかった。

「勝手にしろ……」

と呟くと、お茶を一口飲んだが……。

何しろコーヒーやら何やら、やたら飲んで来たので、そう飲みたくもない。

立ち上って、居間のカーテンを開けると、ベランダになっていた。――外は薄暗くなり始めている。

十二時の約束が……。

「どうなってるんだ？」

と、丸山は呟いて……。

どうなってるんだ？　――そう思ったところまでは憶えている。

「そう思ったところまでは憶えてる」

と、丸山は言った。「その次の記憶は、病院で目を覚ましたときだ。次の日になっていたんだ」

「じゃ、そのマンションを出て、外をフラフラ歩いてたってこと？」

と、夕里子が訊いた。

「そうらしいね。でも、その記憶がない」

と、丸山は言った。「ずっと眠っていたというのとは、どこか違う気がする。途中の時間が突然ポカッと消えてしまったような感じなんだ」

「丸山さんが、笹原と会うことになっていたのは、会社の人も、仁科さんも証言したの」

と、あかねが言った。「それで丸山さんの姿はない。当然、警察は丸山さんを疑ったわ」

「それであかねさんは丸山さんを逃がそうとしたのね」

と、夕里子は言った。

「でも、妙ねえ……」

と、綾子が言った。

「綾子姉ちゃんはいつも妙だよ」

と、珠美が言った。

「何よ、それ」

「お姉さんは何のこと言ってるの？」

「うん……。丸山さんがやったと見せかけるんだったら、もうちょっとはっきりそう見えるようにするんじゃない？」

「珍しくまともなご意見」

と、珠美が拍手した。

「考えれば考えるほど、不自然よね」

と、夕里子は言った。「私が気になるのは、丸山さんも気にしてたことが一つ。なぜ笹原さんはわざわざ丸山さんを引張り回したのか。わざと、自宅へ近付けないようにしてるみたいじゃない？」

「それもそうだ」

と、丸山は肯いた。「あのマンションも、どこだったのか……」

「それともう一つ」

と、夕里子は付け加えた。「最後のお茶に何か薬が入っていたとしか思えないけど、お茶を出した家政婦らしい人って、誰だったんだろ？」

「それは妙ね」

と、あかねが肯いて、「話を丸山さんから聞いて、調べてみたけど、須川さん以外に家政婦さんを雇ってはいなかった」

「じゃ、偽者《にせもの》？」

「そうね。でも誰が……」

「丸山さん」

と、夕里子は訊いた。「その家政婦さんらしい女の人、会えば分りますか？」

「さて……。チラッとしか見ていない。たぶん無理だろうな」

「何をのませたのかしら？」

と、綾子が言った。「栄養ドリンクとか？」

「そんなもので、おかしくならないでしょ」

と、夕里子は苦笑して、「でも、今から調べても、何をのまされたか、分らないでしょうね」

「ともかく……」

と、丸山はあかねと真美を見て、「君たちが迷惑でなければ、このまま家庭教師を続けさせてほしいんだけど……」

「当り前だよ！」

と、真美は即座に答えた。

「ありがとう」

「丸山さんが安心できるように、本当の犯人を見付けないと」

と、あかねが言った。

「それは我が三姉妹にお任せあれ」

「珠美、安請け合いしないの」

と、夕里子は言った。

カレーパーティは終って、

「丸山さん、お腹痛くない？」

と、あかねが訊いた。

「大丈夫」

「あかねさん。――でも、これから大変ですね」

と、夕里子が言った。

「ええ」

あかねは肯いて、「会社がどうなるか。――でも、それだけじゃないんです」

「というと？」

あかねは真美の方を向いて、

「真美ちゃんに弟か妹ができる」

と言った。

「え？」

「私――笹原の子を身ごもってるんです」

と、あかねは言った。「今、三ヵ月で……」

しばし、辺りを沈黙が支配した。

笹原あかねが夫の子を身ごもっている。――当然のことのようだが、この場合は特別だ。

二十六歳の妻が、七十に近い夫の子を身ごもった、というだけでも珍しいだろうが、今はその夫がすでに殺されてしまっているという事情がある。

あかねが、今妊娠三ヵ月であることを打ち明けても、すぐには誰も口を開かなかったのも無理はない。

最初に口を開いたのは、綾子だった。

「おめでとうございます」

と、あかねの方を向いて、「その赤ちゃんはご主人の生れ変りかもしれませんね」

「ありがとう、綾子さん」

と、あかねは少しホッとした様子で言った。

「それはおめでとう」

と言ったのは丸山だった。「どうしてもっと早く言わないんだ?」

「だって……こんなときですから。それに、もしかしたら刑務所行きかもしれなかったんですもの。とてもそんな話……」

「それはそうだね」

と、丸山は肯いて、「笹原さんは知っていたの？」

「ええ、事件の一週間ぐらい前に話したわ」

「喜んだでしょうね」

と、夕里子が言った。

「ええ。――初めは、何の話か分らなかった様子で……」

「――何だって？」

と、笹原雄一郎は、広々としたリビングのソファで、海外の雑誌を眺めていた目を上げて、「今、三ヵ月がどうとか言ったか？」

「ちゃんと聞いて下さいよ」

と、あかねは少し照れて笑うと、「妊娠したの。今、三ヵ月ですって」

「妊娠……。じゃ、子供が生まれるのか？」

「普通そうですよ」

「三ヵ月……。そうか」

笹原雄一郎は、そう言ったきり、また雑誌に目を戻した。

あかねは、ちょっと拍子抜けがして、「あんまり嬉しくないのかしら？」と思った。

しかし——少しすると、笹原の手からバサッと雑誌が床に落ち、顔を真赤にした笹原が、

「いや、大変なことだ！」

と、少し上ずった声を上げ、「あかね！　ありがとう！」

と言うなり、あかねのそばへ飛び立つように駆けつけると、しっかり抱きしめたのである。

あかねはびっくりした。——喜んでくれるだろうとは思っていたが、七十に近い夫が、こんな風に感激を表現するのを初めて見たのだった。

「あなた……」

「体を大事にしてくれ。そして、元気な子を生んでくれ」

「ええ、そのつもりです」

「うん……。そうか……。俺たちの子供が……」

と、口の中でくり返し呟くと、「これは特別の祝いをしなきゃならんな」

「気が早いわ。他の方には黙っていて下さいな。五ヵ月目くらいで、安定期に入りますから、その後なら、身近な人に話して下さって構いません。――いいですね」

「ああ、分った！　発表するときは、大声で世の中のみんなに聞こえるように叫んでやろう！」

「大げさよ、あなた」

と、あかねは笑って、「真美ちゃんも喜んでくれるといいんだけど」

「あの子なら心配いらんよ。素直に喜ぶさ。あの子はお前のことが大好きだ」

「ええ、そのことは分ってるわ。本当に幸せだと思ってる」

「男の子かな？　女の子か」

「それはまだ分らないわ」

「どっちでもいい。――そうか。来年生まれたとして、その子が二十歳になるとき、俺は……八十九か？」

「元気でいて下さいね」

「なに、九十なんてすぐそこだ」

笹原はあかねの肩をしっかり抱いて、「お前も喜んでくれるんだな」

と言った。

「もちろんよ！　どうして？」

「いや、こんな年寄の子を生むのは、気が進まんのかと思ってな」

「そんな……。年齢《とし》の違いは承知で結婚したんですもの。あなたの子が生めて、嬉しいわ」

「あかね……」

あかねは、夫の目が潤《うる》んでいるのを見て、びっくりした。——夫の中に、「あかねは渋々自分と結婚したのではないか」という思いがあったことに、改めて気付いた。

「あなた……」

あかねは自分から笹原を抱きしめてキスした……。


「良かった」

と、丸山が言った。「君が笹原さんと結婚して本当に幸せだったと分って、嬉しいよ」

「ありがとう、丸山さん。でも——その夫はもういないわ」

「あかねさん」

と、夕里子が言った。「話すのは辛《つら》いかもしれませんけど、ご主人が殺されたときのことを聞かせて下さい」

「ええ、もちろん」

と、あかねは肯いて、「あの日、丸山さんがあんなことになっているなんて、知る由《よし》もなくて……。昼間、真美ちゃんの通うS女子高校へ行ってました。年末の学校行事について、父母会で負担することの打合せがあったんです。真美ちゃんはお友達と……」

「お母さんと一緒に帰ろうと思って、友達と駅前のお店でお茶してた」

と、真美が言った。

「打合せといっても、奥さんたちばかりですから、話の半分は関係のない雑談で、私は少しうんざりしていました。二時間の予定が三時間以上かかって、学校を出たときはもう暗くなりかけていました」

「お母さんからケータイに電話もらって――」

「待たせちゃって申し訳ないと思ったので、夕食を駅の近くのレストランで済ませてしまったんです。主人はその日、遅くなるはずでした。どこかの国の大使と食事すると言って出かけて行きましたから。――それで、帰宅したのが八時ごろだったでしょうか」

「玄関入ると、栄子さんが飛び出して来てね」

「そう、須川栄子さんが、玄関へ走って来て、『旦那様が大変です！』と。――どんなときでも冷静な栄子さんですから、こちらもびっくりしてしまって……」

「居間に入ったら、お父さんが倒れてた」

「ええ、主人がカーペットの上に仰向けに倒れていたんです。棚に置いてあったブロンズ像がそばに転がっていました。――後で、それで後頭部を殴《なぐ》られて死んだと分ったんですが……。ともかく駆け寄って、同時に栄子さんに『救急車を呼んで！』と叫んでいましたが、死んでいることはすぐ分りました。もちろん脈をみたり、心臓の辺りに耳を当ててみたりしましたが。もう手遅れでした」

「栄子さんはそのとき、どうしていたんですか？」

と、夕里子は訊いた。

「車でスーパーに買物に行って、戻ったところだったそうです。主人は遅く帰るはずでしたから、キッチンに行って、買った物を冷蔵庫へ入れたりして、居間へ行くと主人が倒れていて……。そこへ、私と真美ちゃんが帰ったというわけです」

「そうですか」

と、夕里子は肯いた。

「警察が駆けつけて来て、同時に私が連絡したので、仁科さんもやって来ました。そして仁科さんが、丸山さんと主人のことを刑事さんに話したんです。それを聞いて、私は丸山さんが疑われるに違いないと思って……」

あかねが丸山を見る。丸山はため息をついて、

「一体何があったんだろう」

と言った。「僕だって家庭教師をクビになるくらいで、人を殺したりしないよ」

その丸山の言葉に、居合せた全員は、黙って肯くばかりだった……。

7　秘めた思い

真直ぐ捜査一課に行く気にはなれなかった。
散々歩き回って、いくら刑事といえども足が棒のようになっていたのだ。
警視庁の近くにあるティールームに入ると、倉原依子は少し甘いものが欲しくなって、
「ケーキとコーヒーを」
と注文した。
とりあえず、置かれた水をガブガブ飲んだ。喉《のど》が渇いていたことに、今ごろ気付いた。
甘いチョコレートケーキが来ると、アッという間に食べてしまった。そしてホット

コーヒーにも砂糖をどっさり入れた。

「ああ……」

少しホッとして、疲れの取れた気になった。

そこへ、

「ここにいたのか」

と、声がした。

「あ――。国友さん」

ちょっとあわてた。まさかこんな所で国友と会うとは思わなかった。

「いいかい？」

国友が向いの席に座って、「僕もコーヒーを」

と、注文する。

「すみません」

言われる前に口を開いた。「ゆうべ遅かったもので、今朝どうしても起きられなくて、こんな時間になってしまいました」

「いや、そんなことはいいんだ」

国友が何となく目を合せないようにしていることに、倉原依子は気付いた。

「あの――」

と言いかけると、国友は遮るように、

「午前中、何をしてたんだ？」

と訊いた。

「家で――寝ていました」

「なあ、倉原君。さっき、丸山佑一が入院していたという病院の看護師から電話があったよ」

依子の表情がこわばった。国友は続けて、

「あの病院の医師と看護師について、近くの商店や住人に、訊いて回ってる刑事がいるとね。医師が借金で困っていないか、看護師が男といるところを見たことがないか……。訊かれた人が病院に知らせたんだ。看護師がひどく怒っていた」

依子は目を伏せた。――国友はコーヒーをブラックのままひと口飲んで、

「君なんだろ、訊いて回ってたのは？」

と言った。

「――そうです」

「どうしてそんなことをしたんだ？　丸山があの病院と何の係りもないことは確かめ

たじゃないか」

「ええ、分ってます」

「じゃ、どうして——」

「でも、納得できないんです！　あんな妙な話、どうしても信じられません。きっと何かあるんです。丸山か、あの未亡人が裏で手を回したんです」

と、依子は一気に言った。

「倉原君……」

「捜査方針に反してることは分ってます。でも、犯人の手掛りは全くつかめていないじゃありませんか。丸山の言い分はおかしいですよ。それに、笹原あかねと丸山は前から関係があったんです。二人が共謀して笹原雄一郎を殺したんです。そうに決ってます」

依子にとっては筋の通った意見だった。国友だって、きっと賛成してくれる、と思っていた。

「君も、一年、二年の新人じゃないんだ。ちゃんと検討した上で、捜査方針を決めた以上、それに添って動いてくれないと」

「ええ、それは……。でも、今にきっと——」

「課長がひどく怒ってるよ」

と、国友は言った。「電話して来た看護師は、近所に悪い評判を広められたと言って、訴えるとまで言ってる。課長から伝えるように言われた。君にはこの事件の捜査から外れてもらう」

「国友さん――」

「それと二週間の謹慎ということだ」

依子の顔から血の気がひいた。国友はため息をつくと、

「熱心なのはいい。だけど、一旦シロと分ったら頭を切りかえろ。丸山は犯人じゃないんだ。――帰って頭を冷やしてくれ。いいね」

国友はコーヒーを飲み干すと、「ここは払っとくよ」

と、伝票を手に取って、立ち上った。

「国友さん、私……」

と言いかけたが、国友はもうレジへ行って支払いをしていた。

国友は振り向きもせずに、店を出て行った。

依子はしばらく呆然として座っていた。

国友さん……。あなたのために、私は懸命に調べ回ったのよ。それなのに……。

涙は出なかった。胸の奥に、烈《はげ》しい怒りが燃えていた。

見てらっしゃい！　今に——今に、

「悪かった！　君の方が正しかったんだ！」

と謝らせてやる！

依子は、無意識に空のコーヒーカップを取り上げて飲もうとした。

「——コーヒー、もう一杯」

と言って、向いの席に座った男がいた。

「あなたは……」

と、依子はどこかで見たことのあるその男を見つめていたが——。

「笹原社長の秘書の仁科です」

「ああ！　そうだったわ。いやね、刑事なのに人の顔を忘れて」

依子は動揺していた。「あの……」

「国友という刑事さんとの話、聞こえてしまいました」

と、仁科は言った。「辛かったですね」

「どうも……。つい、私も仕事を忘れて……」

「いや、お気持はよく分ります」

「どういう意味です？」

「私も実はあなたと同じ考えです」

と、仁科は微笑んで、「普通に考えれば当然そういう結論になりますよ。人一人殺すのは容易なことじゃない。何かよほどの理由がないと」

「ええ……。そうですよね」

「四十以上も年上の夫。あの奥さんが夫を本気で愛していたわけがない」

「ええ、本当に」

「夫は大金持。――貧しい大学の夜警の恋人。何を企《たくら》んだか、明らかです」

「おっしゃる通りですわ」

依子の声が弾んだ。

「どうです？　私に協力していただけませんか？」

「私がですか。でも……」

「結果良ければ、でしょう。謹慎中に捜査するのはいけないことなんでしょうが、結果、犯人を捕えることができたら、それで帳消しになる。違いますか？」

「確かに……。ええ、喜んでお力になりますわ」

「助かります。しかし、当面、笹原あかねさんは、〈笹原インダストリー〉の大株主です。表立って反抗することはできません。状況をよく見きわめないと」

依子は肯いて、もう一杯運ばれて来たコーヒーを、ゆっくりと飲み始めた……。


「冷えるな……」

と、丸山佑一は呟いた。

昼間はそうでもないが、こうして夜もふけて真夜中近くなると、やはり十一月で、夜気は冷たい。

「仕事だ」

と、自分に言い聞かせる。

——今、丸山はT大学の構内を巡回していた。夜警としての本業である。

大学の中は広い。緑も多いので、歩くといっても暗い道なのだ。

手には、かなり大きめのライトを持っていた。左右を照らしながら、棟の間を抜けていく。

「北区画、異状なし」

と、口に出して言った。

大学の中を一回りするだけでも一時間以上かかる。——中には化学実験などで、泊り込んでいる者もいるから、どこも真暗というわけではない。

「次、西区画……」

と、歩き出す。

――あかね。

丸山は、あかねが笹原雄一郎の子を宿していると聞いて、ショックを受けた。そしてショックを受けている自分に愕然とした。

たぶん、無意識の内に、「あかねは好きで笹原の妻になったのではない」と思い込んでいたのだ。

だから、笹原の死で、あかねは解放されたのだろうと……。

あかねがあれほどまでして、丸山を逃がそうとしてくれたこと。そのせいで、丸山が、あかねに愛されていると感じていたのも当然だろう。

ところが――あかねは笹原雄一郎の子を身ごもって、心から幸せそうだった。

もともと、人妻のあかねに恋したところでむだなことだと思ってはいた。しかし、いつの間にかあかねへの想いはつのっていたのである。

「――誰です？」

ライトの中に女の姿が浮かび上った。

「今晩は」

と、女は言った。「丸山さんね？」

「どなたです？」

コートをはおったその女は、スラリとして、知的な雰囲気だった。

「柳本安代です。〈笹原インダストリー〉の海外事業部長をしています」

「はあ……」

「ここ、私の母校ですの」

と、柳本安代は言った。「ちょっとお話ししても？」

丸山はどう答えていいか分らず、

「僕は――今、仕事中なんです」

と言った。「この大学の夜警なので。決った時間に巡回しなくてはいけないんです」

「お邪魔《じゃま》はしませんわ」

と、柳本安代は言った。「どうぞ、巡回を続けて下さい。一緒に歩いてもよろしいでしょう？」

「はあ……」

〈笹原インダストリー〉の海外事業部長。

――今になって、やっとその役職名が丸山の頭へ入って来た。

「失礼ですが、身分証をお持ちでしたら」

と、丸山は言った。

「ああ、そうですね。夜警をされている以上、当然ですわ」

安代はバッグへ手を入れると、「パスポートを持っています。それに社員証。――ご覧下さい」

丸山は確認して、

「ありがとう」

と、安代に返すと、「どこから入って来たんです？」

安代はちょっと笑って、

「塀《へい》の途切れてる所はいくらもあります。ご存知でしょ？」

「それはまあ……」

仕方なく、丸山は歩き出した。ライトで左右を照らして行く。

ごく当り前の感じで、安代が並んで歩いていた。

一体何の用で彼女がやって来たのか、丸山には見当もつかなかった。役職名だけでなく、その服装や雰囲気からも、エリートであることが感じられた。

安代はしばらく黙って歩いていたが、

「──いつまでも、このお仕事を続けるわけじゃないんでしょう？」

と、口を開いた。

「どうしてです？」

「だって……」

と、意味ありげに笑う。

「僕が笹原あかねさんと親しいから、って言いたいんですね」

「まあね」

「誤解ですよ。昔の知り合いではあるけど、特別な仲というわけじゃありません」

「でも、あかねさんは逮捕されてまで、あなたを守ろうとしたんでしょう？」

「それは昔のいきさつがあったからです」

「いきさつって、どんな？」

安代は真剣な目で丸山を見ながら訊いた。

「それは……」

丸山は少したためらったが、「話すと長くなります」

「構いません。伺いたいわ」

聞くまでは引き下がらない、という思いが感じられた。

「――分りました」

まだ大分歩かなくてはならないのだ。

丸山は、十年前の出来事を、安代に話して聞かせた。そして、偶然笹原家に真美の家庭教師として通うようになったことも。

安代はひと言も口を挟《はさ》まずに、じっと丸山の話に聞き入っていた。そして、

「――そんなことがあったんですか」

と、大きく肯くと、「あかねさんが何とか丸山さんを助けようとしたのも分りますね」

「ええ。僕としては、彼女を巻き込みたくなかった。でも、何を言っても、彼女は止《や》めなかったでしょう」

「本当に笹原社長を殺したのは誰なんでしょう?」

「分りません。僕もたまたまその病院に入っていなかったら、自分がやったと思っていたかもしれない」

「でも……。丸山さん、こんなこと言って、気を悪くされると困るんですけど」

「だったら言わないで下さい」

と、丸山は返した。「あかねさんが未亡人になって、僕にもチャンスが来た、と言いたいんでしょう」

「違います？」

「彼女は笹原さんを愛していたんです」

と、丸山は言った。

「あかねさんがそうおっしゃったんですか？」

「彼女は、ご主人に死なれて悲しんでいますが、同時に幸せなんです。笹原さんの子を身ごもっているんですから」

言ってはいけない、と思いながら、言ってしまった。

安代はそれを聞いて、足を止めた。

「そうだったんですか！」

「これは……まだ誰にも言わないでくれということなんですが」

「分りました。決して口外しませんわ。信じて下さい」

と、安代は強い口調で言った。「ビジネスは信用の世界です。約束は守ります」

「はあ……。もちろん、遠からず、彼女自身が公表するでしょうが」

丸山は息をついて、「――さて、一回りしたので、一旦宿直室に戻ります」

「お邪魔してすみません」

と、安代は微笑んで、「突然、こんな風にお会いしたお詫びとお礼に、夕食をごちそうさせて下さい。いかがです?」

「しかし、そんな理由が――」

「理由はあります」

と、安代は遮って、「あなたのことを、もっと知りたい。それでいかが?」

丸山は、その誘いを拒《こば》む理由を思い付かなかった。

そう。夕飯をおごってくれるというのだ。何しろ、相手は高給取りだ。一回ぐらいごちそうになっても……。

「分りました」

と、丸山は言った。「ただ、お願いなんですが」

「何でしょう?」

「自分の分は払わせて下さい。ですから、高級なお店は遠慮します。せっかくおっしゃっていただいてるのに、申し訳ありませんが」

「分りました」

安代は気を悪くした様子もなく、「あなたのごひいきの店が?」

「ひいきというわけじゃありませんが、行きつけの定食屋があります。値段の割になかなかの味です」

「ぜひご一緒したいですわ」

と、安代は言った。「じゃ、明日の夜？」

「構いません」

と、丸山は言っていた。

――そうだ。俺はあかねの恋人ではない。あかねに恋してはいけないのだ。だったら、他の女性と食事ぐらいして、何が悪い？

誰も「悪い」などと言ってもいないのに、丸山は柳本安代と夕食をとることを、そうやって正当化しないではいられなかったのである……。

8　問題

「あ、ここだ」

夕里子はメモを見て呟いた。

オフィスビルの地下にあるホール、というので、案内図も小さくて分りにくい。ちゃんと場所を調べて来たのに、迷ってしまい、やっと入口を示す矢印を見付けたのである。

コーラスグループ〈ワルキューレ〉の開く〈クリスマスコンサート〉に、夕里子がリーダーをつとめる〈碧空〉が出演する件で、会場である〈Kホール〉へやって来た。

学校帰り、ともかく〈ワルキューレ〉の代表である堀田初と話さなくてはならないので、リハーサルをしているはずの〈Kホール〉に寄った。

ホールのロビーは割合広くて、〈ワルキューレ〉のメンバーの男女が集まっていたのだが……。

　何だかおかしい……。

　夕里子は、その場の重苦しい空気をみて取った。

「やあ、佐々本君」

〈ワルキューレ〉のリーダー、堀田が夕里子に気付いてやって来た。「すまないね、突然のことで」

「いえ、こちらこそ。お役に立てるなら、って、みんな喜んでいます」

　と、夕里子は言った。

ちゃんと〈碧空〉のメンバー一人一人にメールを送って、意見を聞いている。

「ただ、時間があまりないのと、学生ですから期末テストがあって」

　と、夕里子は言った。「意見を聞いてみましたが、前に歌って、慣れている曲、二曲なら大丈夫ということになりました」

「ありがとう。それで充分だよ」

　と、堀田は肯いた。

「でも——堀田さん、何かあったんですか?」

と、夕里子は訊いた。「リハーサルなんでしょ、今日?」

「それがね……。困ってるんだ」

と、堀田はため息をついた。

「どうしたんですか?」

——ホールの扉を開けて中へ入った夕里子は目を丸くした。

ステージは明るくライトで照らされているが、そこで五、六人の男たちがあぐらをかいて座り込み、カップ酒や缶ビールを飲んでいるのだ。

「どうなってるんですか?」

「いや、リハーサルを始めようとしたら、突然あの男たちがやって来て、ステージに上ると、『ここは俺たちの貸し切りだ!』と言って、ああして座り込んで酒盛りを始めたんだよ」

「そんな……」

「我々がちゃんと予約してあると言っても、耳を貸さない。使いたかったら百万払え、と言って……」

「ホールの人は?」

「管理してるのは、このビルのオーナー企業なんだが、電話しても、『自分では分らない』と言うばかりでね。このホールの担当は姿をくらましちゃった」

怖いのだろう。――ステージを占拠している男たちは、どう見ても暴力団員だ。

いやがらせをして、金を稼ぐつもりなのだろうが、無茶な話だ。

「警察を呼ぼうかと思ったけど、後で何をされるか……。女性のメンバーが怖がっていてね」

「そうですよね」

と、夕里子は肯いて、「でも、ここで引き下ったら、本番だって妨害するかもしれませんよ」

「うん……。そうは思うがね……」

堀田も困り果てている様子だ。

「私、話してみます」

と、夕里子が言うと、堀田はびっくりして、

「佐々本君、危いよ!」

「大丈夫です。危くなったら逃げます」

と言って、夕里子は客席の中の通路を、ステージへと歩いて行った。

「――おい、何だか女子高生らしいのが来たぜ」

「相手してくれるのか?」

と、男たちが笑う。

「恐れ入りますが」

と、夕里子は言った。「そこを空けて下さい」

「何だと?」

「ちゃんと予約して、ここを使う人たちがいるんです。宴会はよそでやって下さい」

夕里子の淡々とした口調に、男たちは面食らっている様子だったが、

「おい! 生意気な口きくじゃねえか!」

と、一人が怒鳴った。「出てけって言うのか?」

「お願いします。騒ぎになれば、そちらも困るでしょう」

「こいつ、いやに落ちついてやがる」

と、一人が立ち上って、「おい、出てってほしけりゃ、俺たちを怒らせねえことだ。この若いのなんか、お前を裸にむいてやりたくて仕方ねえんだぜ」

「抵抗します」

「俺たちに逆らう? 勝てると思ってるのか?」

「いいえ。でも、たぶん私、傷を負うでしょう。傷害事件となったら、警察は黙ってませんよ」

「何だと？」

「このまま引き上げて下さい。泣き寝入りは絶対にしませんよ」

「貴様……」

「殺人未遂なら十年は刑務所ですよ」

夕里子は平静を保っていた。——男たちは高校生の女の子らしからぬ夕里子の態度に、気味が悪くなったらしい。

「金を払え。そしたら出てってやる」

「払う理由がありません」

「この野郎——」

若い一人が、ステージから飛び下りて来た。「口のきけないようにしてやる！」

そのとき、

「やめなさい！」

と、鋭い声がホールに響いた。

振り向くと、白いスーツの女性が入って来たところだった。

男たちがあわてて立ち上る。

五十代と思えるその女性は、まぶしいような白いスーツに身を包み、周囲の空気を張りつめたものにする雰囲気を持って、客席の間の通路を真直ぐにステージの方へやって来た。

男たちは、たちまち酔いもさめたようで、少しバツの悪そうな様子で直立不動の姿勢を取っていた。

「何なの、これは？」

と、その女性は厳しい口調で、「お酒を飲みたければ、そういう店へ行きなさい」

「社長……」

と、年長らしい一人がおずおずと、「これはその……ちょっとしたこづかい稼ぎで」

「無茶をして、普通の人からお金をゆすり取る？　何とみっともない！」

「すみません」

「すぐに片付けて、出て行きなさい！」

「はあ……」

若い二人は、従いながらも口を尖《とが》らして不満げだった。

「私に文句があるの？」

と訊かれて、あわてて、

「とんでもねえ！」

と、ステージを片付け始めた。

「酒がこぼれてるのは、拭きなさい！　ハンカチぐらい持っているでしょ」

その「社長」と呼ばれた女性は、男たちがせっせとステージの床を拭くのを見ていたが、

「――もういいわ」

と言った。「遅くなれば、それだけご迷惑よ。袖《そで》から出なさい」

「はあ……」

男たちがゾロゾロと出て行くと、

「ごめんなさい」

と、その女性は夕里子の方へ言った。

「いえ、助かりました」

と、夕里子が言うと、その女性は、

「私が何も言わなくても大丈夫だったみたいだけど」

と笑った。

厳しく、いかめしい感じだったその表情は、笑うと意外なほどやさしくなった。

「とんでもないです。内心、怖かったんですよ」

と、夕里子は言った。

「でも、ちっともそんな様子を見せなかったわ。何者なの、あなた？」

「ただの女子高校生です。佐々本夕里子といいます」

「佐々本夕里子……」

女性はその名を頭へ刻みつけるようにくり返すと、「憶えておきましょう。私は神《こう》月紀子《づきのりこ》。——あの連中は私の所にいる、居候《いそうろう》みたいなもの」

「そうですか」

「迷惑かけたわね」

「いえ、私は別に……」

「じゃ、失礼するわ」

そう言って、神月紀子と名のった女性は、通路を足早に立ち去った。

「——ありがとう、佐々本君！」

と、堀田がやって来て言った。

「もう大丈夫ですよ」

「君のおかげだ。しかし――僕は怖くて動けなかったのに、君は……」

〈ワルキューレ〉のメンバーが、ホッとした様子でホールへ入って来た。

「私、多少、こういうことに慣れてるだけなんです」

と、夕里子は言った。「〈クリスマスコンサート〉のこと、もう少し打合せをしませんか？」

「これ」

と、伊東良子は一枚のカードをテーブルに置いた。

「何ですか？」

コーヒーを飲んでいた仁科はちょっと眉を上げて、副社長夫人を見た。

「会員制クラブの特別招待カード。入会していなくても、一年間、自由にクラブを使えるわ」

「これは……。あの〈Qクラブ〉ですか？」

仁科は金色のそのカードを手に取って、「ありがとうございます」

「そこで飲んだり食べたりした分は、主人の方につくの。安心してデートにでも使ってちょうだい」

――ホテルのラウンジで、二人はコーヒーを飲んでいた。

仁科はカードを札入れにしまうと、

「外出と言って出て来たので、そろそろ戻らないと」

と言った。

「で……その女刑事さんのことだけど」

「倉原依子。――国友って先輩刑事に恋してるんです。丸山佑一があかねさんと共謀して社長を殺したと信じ込んでますよ」

「結構ね」

「うまくたきつけて、丸山の犯行だと立証できそうだと吹き込みます。少々違法なことでもやりますよ、あの女」

「刑事が？　怖いわね」

と、伊東良子は笑った。

「丸山が危いとなれば、あかねさんはまた何とかして助けようとする。――二人をうまく罠《わな》にはめることができたら……」

「でもね、仁科さん」

と、良子は少し声をひそめて、「うまく行かなかったとき、こっちが火の粉をかぶるのはごめんよ。お金はかかってもいい。その辺、うまくやってね」

「もちろんです。僕も手錠をかけられるのはいやですからね」

と言って、仁科はコーヒーを飲み干すと、

「では——」

と立ち上った。

「ここは払っておくわ。よろしくね」

良子は、仁科が足早にラウンジを出て行くのを見送って、表の方を少しまぶしげに眺めた。

「——どこかでお会いしましたか?」

という声に顔を上げると、笹原和敏がジャンパー姿で立っていた。

伊東良子は、一瞬焦《あせ》った。

今の仁科との話を聞かれただろうか?

しかし、すぐに愛想よく微笑んで、

「笹原和敏さんでいらっしゃいますね」

と言った。「先日、笹原社長の葬儀でお目にかかりました。私、副社長の伊東の家内です」

「ああ、それで」

と、笹原和敏は肯いて、「何だか、どこかでお見かけした人だなと思って……」

そののんびりした様子から、良子は、「大丈夫、話は聞かれていない」と思った。

「あの——どなたかとお待ち合せですか？」

と、良子は訊いた。

「いや、ちょっと時間を潰《つぶ》そうと思ってね」

「でしたら、もしよければご一緒に。——アフリカのお話でも聞かせて下さい」

そう。この男も、今後の〈笹原インダストリー〉に係ってくるのだ。親しくしておいても損はあるまい。

「いや、大して面白い話はありませんよ」

と、和敏は良子の向いの席に座ると、やって来たウエイトレスへ、「コーヒーを」とオーダーした。

「前の人のカップ、片付けて」

と、良子は言った。

「今話してた男の人は確か……」

「秘書の仁科さんです」

「ああ、そうだった。何しろ、外国に長かったんで、人の顔と名前が、なかなか憶えられなくてね」

「あの――今はどうしてらっしゃるんですか？」

「何も。――あかねさんと一緒に住むってわけにもいかないんで、ホテル住いです。これはこれで気楽でいいけど、すっかりぐうたらするのに慣れてしまいましたよ」

「羨しいですわ。お勤めになるような気にはなれませんか？」

「混んだ電車とか、せかせかエスカレーターを駆け下りたりとか……。ああいう生活はごめんですね」

と、和敏は言って、「まあ、ぜいたくというもんでしょうね。みんな、好きで満員電車に乗ってるわけじゃない」

「また外国へ？」

「さあ……。ともかく、あかねさんから、会社の今後のことがはっきりするまでは、いて下さいと言われてます」

「そうですね。あかねさんも、あなたがおられた方が安心でしょうし」

「それはどうかな」

と、和敏は苦笑して、「もちろん、できるだけ力になりたいとは思いますがね。しかし、ビジネスの世界なんて、さっぱり分らないし……。伊東さん、でしたっけ？　ご主人はどうおっしゃってるんですか？」

「主人ですか？　あの人は——社長に忠実な部下でしたから。今は、突然いなくなられて、困っていると思います」

「ご主人が社長を継ぐのが一番いいんじゃありませんか？　会社のことをよく分っておられるわけだから」

良子は、和敏の思いがけない言葉に、ちょっとどぎまぎしたが、

「お言葉はありがたいですわ。主人はなかなかそういうことを考えない人なんです」

「そうですか。僕からあかねさんに話してみましょうか。確か来週、会社の幹部会があると聞いてますが」

「ええ、そのようで……。もし、あかねさんにお話しいただけるのなら、嬉しいですわ」

良子はドキドキしていた。——まさか、和敏がそんなことを言ってくれるとは思っていなかったのだ。

コーヒーが来て、和敏はゆっくりと飲みながら、

「社内の事情は、よくご存知なんでしょう？　他に社長になりたいと思っている人は

いますか?」

と訊いた。

「それは……取締役会のメンバーは、みんな内心ではそう思っているはずです」

「副社長はご主人一人でしょ?　それなら、色々もめなくてすむのは、副社長が社長になることでしょう」

「それは……そうだと思います」

と、良子は言って、「ただ……」

「何です?」

「いえ、あの……失礼な言い方かもしれませんが、あの丸山さんという方……」

「ああ、真美ちゃんの家庭教師の」

「ええ。あの方が、あかねさんと……。これはただの噂ですけど」

「分りますよ。しかし、あかねさんはあの丸山って人を、男として見ていないと思います」

「そうでしょうか」

「浮世離れした僕がそんなことを言っても、信じてくれないでしょうね」

「そんなことは……」

良子はちょっと汗をかいていた。ハンカチを取り出して額の汗を拭く。

和敏は、黙り込むと、ふしぎな目つきで良子を眺めていたが、やがてコーヒーを飲み干して、

「ここ、払っておいてもらえますか」

「ええ、もちろんですわ！」

「それから、今から二時間ほど付合ってもらえますか」

「は？」

良子は当惑した。「どこかへお出かけになるんですか？」

「ホテルで、あなたを抱きたい」

良子は、耳を疑った。

和敏は当り前の口調で、

「構わないでしょう？」

と言った。「じゃ、出ましょう」

良子はあわてて伝票をつかむと、出口へ向う和敏の後を追った……。

9　当て外れ

夕里子の指先が静かに弧を描いて、音楽室の天井に、美しい合唱が響いた。

間由香のピアノが合唱を支えて、うまく溶け合っている。

一曲が終ると、拍手が響いた。

「上出来だ」

と、堀田が言った。「いや、これなら充分だよ。〈ワルキューレ〉も頑張らないと、負けそうだな」

「オーバーですよ」

と、夕里子は言った。「じゃ、後は当日の午後で」

「うん、よろしく頼む」

堀田は、〈碧空〉のメンバーに、「無理をお願いして申し訳ありませんが、よろしく」

と、一礼した。

「よろしくお願いします！」

と、〈碧空〉のメンバーが応える。

「みんな、忙しい中、ありがとう」

と、夕里子が言った。「後の連絡はメールで」

〈ワルキューレ〉の開く〈クリスマスコンサート〉に、〈碧空〉が出演することになり、リーダーの夕里子としては、やはり堀田に一度歌を聴いておいてほしかった。

メンバーに声をかけて、土曜日の午後、学校へ集まってもらったのだ。

メンバーが帰って行くと、後に夕里子と笹原真美が残った。

「真美ちゃん、よく来られたね」

「うち、栄子さんが何でもやってくれるから、することないし」

と、真美は言った。

「あかねさんはどう？」

「うん、つわりもほとんどないって。——楽しみだな、弟か妹か。どっちでもいいけど、できれば妹かな」

と、真美はニッコリ笑った。

そこへ、

「夕里子、いる？」

ヒョイと顔を出したのは、綾子だった。

夕里子はびっくりして、

「お姉さん！　どうしたの、こんな所に」

「だって、あんた今日コーラスがどうとか言ってたから……」

「それはいいけど、どうしてわざわざここに来たの？」

「何だっけ？」

と、綾子は首をかしげて、「あ、真美ちゃん、ご苦労さま」

「もう……。何の用事か思い出してくれる？」

真美が笑い出すのを何とかこらえているのを見て、夕里子は姉に、

「家に着くまでに思い出してくれないと、ここに来た意味がないよ」

「姉を馬鹿にして」

「そうじゃないけど……」

「すてきだなあ」

と、真美が言った。「私も、こういう姉妹になりたい」

「あ、そうだった」

綾子はバッグから封筒を取り出して、「これがさっき届いたの」

「何？　手紙？」

「写真」

「写真？　誰の？」

「私の」

「お姉さんの写真？　それがどうして――」

ともかく写真を見よう。夕里子は綾子から写真を受け取って、

「――何、これ？」

と、目を丸くした。

綾子の写真には違いない。ただし、一人ではなかった。

「これ……国友さんだ」

「そうなのよ」

綾子と国友が仲良く並んで、ホテルから出て来たところ。――夕里子が面食らうの

も当然だろう。

「これって……」

「私、記憶にない」

と、綾子は言った。「あんたに殺されない内に言っとこうと思って」

「わけ分んない」

と、夕里子が首をかしげていると、

「ね、夕里子さん」

と、真美が言った。「その封筒の宛名……」

「え？」

夕里子は、姉の手にしていた封筒を見て、

「――これ、私宛てじゃない！」

「夕里子になってる？　――あ、本当だ」

と、綾子は目をパチクリさせた。

「どういうこと？」

夕里子も混乱していた。

「これって……夕里子さんが、綾子さんと国友さんの仲を疑うように、送って来たんですよ」

と、真美が言った。

「――そうか。そうだね」

「それを綾子さんが間違って開封しちゃったんですね。でも、おかしいですよ。これが本当なら、わざわざ夕里子さんに見せに来ないでしょ」

と、真美は言って、問題の写真を手に取る。「今は写真の合成なんて、簡単ですものね。これもきっと……」

夕里子は笑って、

「信じやしないわ、こんなもの。もし本当なら、お姉さんは隠したりしない」

「私、国友さん、趣味じゃない」

と、綾子が言うと、

「誰が趣味じゃないって？」

当の国友が顔を出して、夕里子はまたびっくりした……。

「よくできた合成写真だ」

と、国友は言った。「綿密に調べれば分ると思うよ」

「いいわよ、面倒くさい」

と、夕里子が言った。「それより、誰がそんなもの送って来たのか……」

「佐々本三姉妹に、そんな手は通じませんね！」

真美が楽しげに言った。

——結局、学校近くの甘味屋で、四人はお汁粉を食べることになった。

「そうだ」

と、夕里子が言った。「国友さん、神月紀子って名前に心当り、ある？」

「神月？　——どうして？」

「うん……。ちょっと会うことがあって」

「神月紀子？　——少し待ってくれ」

国友はケータイを手に店の表に出て行った。

「夕里子、その人がどうしたの？」

と、綾子が訊く。

「何だかよく分んない人なの」

「自分が分んない人のことを国友さんに訊くの？」

「いいの！　お姉さんは黙ってお汁粉食べてなさい！」

「本当にもう……。年上の人間への敬意に欠けてる」

真美が笑って、

「私、佐々本家のような姉妹になりたいな、やっぱり」

「どこがいいの？」

と、綾子がふてくされている。

国友が戻って来ると、

「分ったよ、夕里子君。神月紀子は、裏社会の大物の一人だ」

「やっぱり」

「どこで会ったんだい？」

夕里子は、〈ワルキューレ〉のリハーサルを邪魔した男たちとのトラブルのことを話した。国友は顔をしかめて、

「どうしてそんな無茶なことするんだ。そこへ神月紀子が来たから良かったが、そうでなかったらどんな目にあったか……」

「言ってもむだよ」

と、綾子が言った。「この子は自分がスーパーマンだと思ってるんだから」

「お姉さん！　私は、ただああいう連中が真面目《まじめ》に働いてる人たちを困らせたりする

のを見ていると腹が立つの」

「今に殺されるわよ」

「ええ、構わないわ」

と、夕里子が言い返す。

「あんたはそんなこと言って……。あんたが死んだら、姉の私が責任を取って切腹しなきゃならないのよ……」

綾子の両眼からポロポロ涙がこぼれた。夕里子はあわてて、

「ごめん！　冗談よ！　分ってるでしょ！」

と、なだめた。

「神月紀子は、大きな組織のトップだった夫の神月大吉《だいきち》が死んだ後、その地位を継いだんだ。そっちの担当の人間に訊いたら、超大物だと言ってたよ」

「へえ……」

「ともかく、係り合いを持たないでくれよ。邪魔な人間は平気で消す、冷酷な女という評判だそうだ」

綾子がハンカチでグスンとハナを拭くと、

「どうしてそういう知り合いばっかりできるの？」

と言った。

「別に好きで知り合いになったわけじゃないわよ」

と、夕里子が言った。

店の戸がガラッと開いて、

「あら、この間はどうも」

夕里子は目を疑った。——何と当の神月紀子が入って来たのである。

「あ……。今日は」

夕里子は戸惑いながら、「あの……私の姉です。それと国友さんといって——」

「刑事さんで、夕里子さんの恋人ね」

「え？」

「初めまして、国友さん。神月紀子と申します」

国友も呆然としている。

「噂をすれば、ですね」

と、真美が言った。

「あら、私の噂を？」

と、神月紀子は愉快そうに、「あんまりいい噂じゃなさそうね」

「あの……私にご用で？」

と、夕里子が訊くと、

「一人、お客様をお連れしたの」

「誰ですか？」

「今ここに」

紀子が振り向くと、開いた戸から入って来たのは——。

「珠美！」

夕里子が目を丸くして、「どうしたの、あんた？」

珠美の髪はボサボサになり、ブレザーは泥で汚れていた。

「襲われた」

と、珠美が言って、ストンと椅子にかける。

「何ですって？」

「道でチンピラに因縁《いんねん》つけられて、ものかげに引きずり込まれた」

「あんた……」

「大丈夫！　肌は許さなかった」

と、珠美は言った。「この人の部下が助けてくれた」

「神月さんの？　まあ……」

珠美は息をついて、

「あ、みんな、ずるい！　私もお汁粉、食べる！」

「何呑気《のんき》なこと言ってんの」

と、夕里子はため息をついた。「神月さん、ありがとうございました」

「いいえ」

神月紀子は微笑むと、「おいしそうね。私もお汁粉いただくわ」

と、椅子を一つ持って来て座った。

「あの……」

と、夕里子が言った。「もちろん、妹を助けて下さったことは嬉しいんですけど、ただ……」

「た、たまたま、私の部下があなたの妹さんを助けたって、妙だと思ってるわよね」

「ええ、まあ……。それと、今ここに私がいることを、どうしてご存知なのかと……」

「頭の回る人ね。この間は度胸の良さにも感心したけど、やっぱり並の女の子じゃないのね」

「感心していただくのはありがたいんですけど……」

「でも、そんなにふしぎなことじゃないの」

と、紀子は言った。「この間、あなたを見て興味を持ってね。色々、ご家族のことか調べさせてもらった」

「はあ……」

「で、あなた方三人に、それぞれ尾行をつけて、見張らせていたの。それで、こちらのお嬢ちゃんが危かったところを助けることができて、ここへお連れしたわけ」

「私たちを尾行？」

「ただ者じゃないと思ったのよ。色々当ってみると、名探偵って評判だっていうじゃないの。やっぱり私の目に狂いはなかった！」

「あの……やめて下さい。そういうの」

「尾行って言うとイメージが悪いわね。ボディガードだと思ってくれれば」

「ガードしていただくようなことは……。珠美のことは感謝していますけど」

「たまたまじゃなかったわ」

「え？」

「部下が様子を見ていたの。妹さんと知ってて襲おうとしていたのよ」

「珠美を狙って？」

「ええ。——襲った連中は、お金で雇われてたんでしょう。写真を持ってて、因縁をつける前に、妹さんの顔を確かめていたそうよ」

「そんな……。珠美、あんた、人に恨まれるようなこと、した？」

「私は人を恨まない。恨むのはお金だけ」

と、珠美は言った。

珠美と紀子は、熱いお汁粉をフウフウ冷ましながら食べ始めた。

——この人が「冷酷な女ボス」？　夕里子には、どうにもピンと来なかった。

「でも、妙よね」

と、夕里子は言った。「私宛てに、お姉さんと国友さんの写真が送られて来て、珠美が襲われそうになって……」

「君たちを狙ってる誰かがいる、ってことか」

「偶然とは思えない」

「散々恨まれてるよね」

と、綾子が言った。「これまで夕里子は事件に出くわして来たし」

「私のせいにしないでよ」

「ともかく」

と、国友が言った。「僕も調べてみる。今は差し当り、笹原雄一郎さんが殺された事件だ。それと係りがあるかどうか……」

「国友さん」

と、夕里子が視線を向ける。

「や、ごめん」

国友は、真美の方へ、「無神経な言い方をしてしまった」

「いいんです」

と、真美は首を振って、「私は今、あかねさんと、生まれてくる赤ちゃんが何より大事。国友さん、あかねさんを守って下さいね」

「うん、分った」

と、国友は肯いた。「犯人を見付けなくちゃね」

紀子がお汁粉を食べ終って、

「笹原雄一郎さんって、あの〈笹原インダストリー〉の?」

「そうです。私、娘です」

「まあ、そう」

と、紀子は肯いて、「私はその事件とは関係ないわよ」
と、急いで付け加えた。
そして立ち上ると、
「じゃあ、夕里子さん」
と、微笑んで、「また、お会いしそうね」
と出て行く。
会いたくはないけど、また会いそうな。――夕里子も、そんな気がしていた。

10　展開

「亡き夫の志を継いで――」

と、笹原あかねが言った。「私が〈笹原インダストリー〉社長をつとめさせていただきます」

――しばし、会議室の中は静まり返った。

誰もが「まさか！」という驚きと、「やっぱり！」という思いの入りまじった、微妙な表情をしていた。

しかし、あかねがそう宣言してしまったことで、もはや事態は変りようがないことも、みんな分っていたのである。

「もちろん、経営については素人の私です」

と、あかねは続けた。「私のそばにいて、サポートしてくれるベテランを必要としています。そこで、柳本安代さんに、ニューヨークから戻ってもらい、副社長として働いていただきます」

柳本安代が席から立ち上ると、

「よろしくお願いいたします」

と一礼した。

「加えて、伊東さんにはこれまで通り、もう一人の副社長として、私の力になっていただきたいと思います」

と、あかねは言った。「伊東さん？」

「はあ」

伊東は立ち上ると、「奥様のため、力を尽くしたいと思います」

「そう言っていただけると嬉しいです。どうかよろしく」

と、あかねが頭を下げる。

「かしこまりました！」

伊東は深々と一礼した。

「——では」

少し間を置いて、あかねは手もとの資料を開いて、「今後の運営について、基本的な方針を柳本副社長から説明します……」

と言った。


呼出してはいたが、なかなか出なかった。

そして、やっと出ると、

「ああ、おはよう……」

眠そうな声で、笹原和敏が言った。「もう午後か！　やれやれ……」

「やれやれじゃないわよ！」

と、伊東良子は上ずった声を出した。「どういうことなの！」

「何を怒ってんだ？」

と、和敏は言って、「ウオ……」

大欠伸すると、

「ああ、社長の件か。俺も昨日あかねさんから聞いたんだ。でも旦那は副社長のままなんだろ？」

「あなたは、主人を社長に、って……」

「まあ、落ちつきな」

と、和敏はおっとりと言った。「あかねさんに話をするとは言ったが、社長にしてやるなんて言ってないぜ」

「それは……そうだけど」

「焦るなよ。それに、この間は楽しかったじゃないか」

良子はちょっと頰《ほお》を染めて、

「ええ……」

と、つい肯いてしまっていた。

和敏とホテルで過した二時間は、良子に「女だったころ」を思い出させた。

夫からはもちろん、もう誰からも得られないと思い込んでいた感覚に酔った……。

「どうだい、よかったら、また」

「そんな……。気軽に言わないで下さい」

「気軽だから楽しい。そうだろ?」

と、和敏は笑って、「今日はどうだい?　これから出たら――」

「今日は――だめです。息子のことで出かけるので」

こんなこと言って。「今日はだめ」ってことは、「今日でなきゃいい」と言ってるのと同じだ。

「じゃあ、明日、どうだい？」

良子は、

「分りました」

と言ってしまっていた……。

――通話を切ると、良子は、

「何してるんだろ、私ったら……」

と呟いた。

本当に、息子の信人《のぶと》のことで、人に会う用事があった。――仕度しなくては。

「あの人ったら……」

自宅の寝室に入って着替えながら、つい不満は夫に向う。

今まで、夫がたった一人の副社長だったのに、素人のあかねが社長になり、柳本安代が副社長に。

その話を夫から聞いて腹を立てている良子に、伊東は、

「俺はホッとしたよ。なあ、人間、向き不向きってことがある」

と言ったのである。「俺はトップに立つ柄じゃない。副社長でちょうどいい。お前

だって、充分今の生活で満足してるだろ？」

そう言われてしまうと、良子も何とも言い返せない。内心、夫の言っていることが正しいとも思っている。

でも……。

一度は「夫が社長になるかもしれない」と思ってしまったことは、良子の中に、くすぶる火種を残していた。

あれこれ考えていたら、家を出るのが遅くなってしまった。

ちょっともったいないけど……。

タクシーを拾って、都心のホテルへ向った。

タクシーの中で、ケータイに仁科からかかって来た。

「――あなたはどうなるの？」

と、良子は訊いた。

「あかねさんからは、今まで通り秘書をやってくれと言われてます」

と、仁科は言った。「あかねさんは素人だし、妊娠中です。実権は柳本さんが握るでしょう」

「それじゃ主人が……」

「大丈夫です。例の女刑事がいます」

「ああ。どうなってるの？」

「今夜会うことになってます。ご報告しますよ」

「待ってるわよ。いい知らせを」

少し気持がおさまった。

タクシーをホテルMの正面で降りると、ラウンジに向った。

何の用なのか、よく分っていなかった。信人のことで、高校の学年主任の教師が会いたいと言って来たのだ。

宅間《たくま》という名の、まだ四十そこそこの男性教師で、細身に銀ぶちメガネの、冷ややかな印象があった。

良子は、挨拶したことがあるくらいで、ほとんど話したこともない。宅間が何の用なのか、良子には見当がつかなかった。

ラウンジに入って、中を見渡したが、それらしい姿はない。

待ち合せの時間を二、三分過ぎている。まさか帰ってしまったわけではあるまいが。

向うが遅れているのだろうと思った良子は、窓際の明るい席に、入口が見える向きで座った。

表の庭を眺めていると、つい和敏とのひとときを思い出していた。

「いやだわ……」

この年齢《とし》になって、浮気するとは思ってもみなかった。――夫は、といえば、およそそんなことに関心のない男である。

もうこの何年も、良子に手を触れていない。良子が和敏の誘いに乗ってしまった一因はそこにもあった……。

ついぼんやりしていると、いつの間にか目の前に宅間が座っていた。

「あ、宅間先生！　気付きませんで、どうも……」

と、良子はあわてて言った。

いつ来たんだろう？　まるで忍者だわ、と思った。

「奥の方の席にいました」

と、宅間は言って、銀ぶちのメガネを直した。

「それは失礼しました。一応中を見渡したのですが……」

「まあいいでしょう」

と、宅間はウエイトレスの方へ、「あまり人の耳に入らない方がいい話というものがあります」

「はあ……。それで私にご用というのは……」

「むろん、信人君のことです」

と、少し力をこめて、「何もご存知ない？」

「何のことでしょう？」

「信人君の退学処分についてです」

宅間の言葉に、良子は耳を疑った。

退学？　信人が？

「あの……あの子が何をしたと……」

さすがに焦った。

「これです」

宅間がポケットから取り出したのは、アメリカ製のタバコだった。

「――信人がタバコを？」

良子は少しホッとした。高校生がタバコを喫《す》うぐらいのこと、珍しくもない。

「でも、先生。タバコを喫うぐらいのこと、男の子なら、誰でも高校生のころに、やっているでしょう？」

「私はやっておりません」

宅間は無表情に言って、「ただのタバコなら、親子で叱られるくらいでいいでしょうが」

「どういう意味ですか？」

「これはただのタバコではありません。マリファナです」

良子は唖然とした。

「まさか！　あの子がそんな……」

「抜き打ちのロッカー検査で、見付かったのです」

「はあ……。あの……信人には厳しく言い聞かせます！　何とか軽い処分で……。お願いです」

と、身を乗り出した。

「信人君は、ただマリファナを持っていただけではありません」

「といいますと……」

「ロッカーの中には、マリファナを混ぜたアメリカタバコが、三十箱も入っていたのですよ」

「三十……」

「販売目的だったと思われます」

「マリファナを……あの子が売っていた？」

「当人も認めています」

「あの……それはいつのことでしょう？」

「半月前のことです」

「でも……信人は何も言っていませんでした。いつもの通りで……」

「私が話したときも、全く悪びれる様子はなく、アッサリと認めましたよ」

「はあ……」

「学校と理事会にはかって、信人君を退学処分にしようということになり、その件でお話ししたいと思いまして」

「お願いです！　退学処分だけは」

と、良子は頭を下げた。

「私一人の力ではどうにも」

と、宅間は言った。

しかし——宅間は良子に会いに来たのだ。

ということは、少なくとも「退学」以外の道があるということだ。

ずにすみますか」

「先生」

良子は少し声をひそめて、「おっしゃって下さい。何をすれば、信人は退学にならずにすみますか」

宅間はちょっと左右へ目をやった。

「――何もなかったことにはできません」

と、宅間が言った。「ただ……伊東さんは大企業の副社長という重要なポストについておられる。私立校としては、経営上、お金が必要です。伊東さんが、自主的に寄付をして下さるなら拒むことはありません」

お金。――お金なのだ、結局。

「分りました」

と、良子は座り直して、「はっきりおっしゃって下さい。いくら出せば？」

と訊いた。

良子の問いに、宅間はメガネに手をやって少し間を置くと、

「まあ……これはあくまで私の個人的な見解として申し上げる金額だとお考えいただきたいのですが……」

「承知しています。おいくらですの？」

身をのり出して、良子が重ねて訊くと、宅間は、

「まあ……『一つ』は用意していただかないと……」

「――一つ？」

「ええ。一億です」

良子は血の気のひくのを覚えた。

一千万ぐらいは、と覚悟していた。まさか一桁上《ひとけた》だとは！

「いや、もちろん、難しいとは思います」

と、宅間が言った。「しかし、こちらとしても、退学処分という厳しい結論を引っくり返そうというのですから……」

「あの……主人とも相談して……」

良子の声は震えていた。

「奥さん、お気の毒ですが、諦《あきら》めて下さい」

「先生――」

「時間的な余裕がありません。公《おおやけ》になってしまえば取り消すことはできませんし」

良子は深々と息をついた。

そうだわ。何とかなる。――副社長なんだから、一億ぐらいのお金……。

「――分りました」

と、良子は肯いて、「用意いたします」

宅間はちょっと当惑したように、

「つまり……一億円を作っていただけるということですか?」

「はい。必ず」

「大丈夫ですか、奥さんだけで返事してしまって」

「家も土地もあります。担保にすれば、何とか作れます」

と、良子は言った。「ただ、手続きに少し時間がかかります」

「分ります。確実にご用意いただけるのなら、こちらとしても、理事会に了解を取ります」

「お願いします」

主人だって……。大事な一人っ子だ。何としても守ってやろうとするだろう。

「分りました」

宅間は初めて微笑んだ。「いや、奥さんの熱い思いに打たれました。信人君もきっと反省してくれるでしょう」

「ええ。信人は、そりゃあいい子なんですもの。親の言うことをよく聞きますし……」

良子はつい自慢していた。

そんな「いい子」がマリファナを売る？　そこは全く考えていなかったのである。

11　闇への一歩

国友が車を停めた。

「もう着いたの？」

ウトウトしていた綾子が目を覚まして言った。

「ここ、どう見てもうちじゃないよ」

と、珠美が言った。「国友さん、迷子になったの？」

「ごめん。そうじゃないんだ」

国友は車の前方のマンションに目をやっていた。

「何かあるのね？」

夕里子が訊く。

国友は車で三人を自宅へ送る途中だった。

「うん……。ちょっとね」

国友は、そのマンションから出て来て、車の来るのを待っている様子のコート姿の女性を見ていた。

「あの人……」

助手席に座っていた夕里子が、「もしかして刑事さんじゃない？　倉原さんっていったっけ？」

「うん、彼女だ」

と、国友は肯いて、「君らのマンションに行く道の途中だったんで、つい寄ってみたんだが……」

「何かあったの？」

「実はね……」

国友は、倉原依子が謹慎処分になった事情を話した。

「じゃあ、もしかして、あの合成写真……」

と、夕里子が愕然として、「あの人、私と国友さんのことを……」

「僕も、まさかと思っていたんだがね」

と、国友は言った。「同僚から注意された。『彼女はお前に惚れてるんだ。知らなかったのか？』って、びっくりされてね」

「でも、刑事なのに？　いえ、国友さんを好きになるのはともかく、あんな写真を」

「倉原君がやったとは限らない。ただ、可能性としてね……」

「ね、車が――」

夕里子は車がそのマンションの前につけるのを見た。倉原依子がすぐに車に乗り込む。

「こっちへ向って走ってくる」

と、夕里子は後ろの座席へ、「二人とも、頭を下げて！」

夕里子と国友も、その車から見えないように体を伏せた。

一瞬で、車は走り去る。

「やれやれ……」

国友はため息をついて、「倉原君のことを疑うのは辛いがね」

「お姉ちゃん」

珠美が夕里子に自分のケータイを差し出して、「ケータイのシャッター切っといた。連続で切れてるから、向うの車の中、写ってるかも」

「珠美ったら……。そういうことは素早いね。——見せて」

夕里子は、写っているカットを見ていったが、「これ……よく撮《と》れたわね！」

「写ってた？」

「うん、薄暗いけど……。国友さん、見て」

その車の助手席には倉原依子、そしてハンドルを握っているのは——。

「これは、笹原雄一郎の秘書じゃないか。仁科といったか」

「やっぱりね。——どうして秘書が倉原さんと？」

「分らない」

と、国友は首を振って、「何かやろうとしてるんでなきゃいいけど……」

国友は気を取り直して、

「さ、君らを送って行かなきゃね」

と、車を再び走らせた。

「——国友さん」

少しして、後ろの座席で綾子が言った。

「何だい？　ごめんね。寄り道して、遅くなっちまったね」

「同僚のことを心配するのは分るけど、仕事の範囲を越えて踏み込まない方がいいわ」

国友がチラッとバックミラーへ目をやって、

「どうしてそんなこと……」

「彼女が道を踏み外さないように、忠告してあげたいんでしょ？　でも、今その人は国友さんの言葉に耳を傾けるだけの冷静さを失ってると思う。きっと逆効果になるわ」

「お姉さん、国友さんには国友さんの考えがあるんだから……」

「いや、綾子君の言う通りだよ」

と、国友は言った。「きっと、倉原君は自分を見失っている。僕にできることは限られてるよ」

車の中は、しばし沈黙した。

「――あのね」

と、珠美が言った。「襲われた私のことは誰も心配してくれないの？」

「心配してるわよ」

と、綾子は言ったが、珠美は仏頂面で、

「心がこもってない！」

――夕里子だって心配していた。

しかし、今は考えごとをしていたのだ。

あの倉原依子のことも気になっていたが、まずは笹原雄一郎が殺されたことから始まったのだ。

人が殺される。その理由の一つは、その人の死で誰かが得をするということだ。

もう一つの理由は、損得でなく、その人への憎しみや怒りが積り積って、爆発することだ。

笹原雄一郎の場合はどっちだったのだろう？　金持だったから、第一の理由のように考えがちだが、金持にも私生活があり、人に憎まれることもあっただろう。

動機。――そう、動機だ。

笹原雄一郎を殺す動機を持っていたのは誰なのか。

「もう少しだ」

国友が車のスピードを落として言った。

「一億円ですって？」

仁科はびっくりして訊き返した。

「そうなの。――何とかして作らないと」

伊東良子はため息をついた。

イタリアレストランの個室に、良子と仁科、そして倉原依子の三人が集まって食事していた。

「そのマリファナの件って、事実なんですか？」

と、依子が訊く。

「息子に確かめたわ。当人はケロッとしてる。ただ、退学という話は聞いてないみたい」

「それっておかしいですね」

と、依子がパスタを取り分けながら、「その先生も怪しいのでは？　一億円でもみ消すなんて、不自然ですよ。他の先生や、理事の方にも訊いた方が」

「そうね。ありがとう。さすがに刑事さんだわ」

ショックを受けている割には、良子もよく食べていた。

「宅間といいましたっけ？」

「ええ、そうです」

「その人の身辺を洗ってみましょう。大した手間じゃありませんよ」

と、依子は言った。

「しかし、待って下さい」

と、仁科は言った。「もしかすると、その一億円、うまく利用できるかもしれませんよ」

「どういうこと？」

「〈笹原インダストリー〉のお金を使わせてもらうんです」

「そんな……」

「そして、それを、あかねさんが使ったことにする。社長の座を退《しりぞ》くことになるでしょう」

そう言って仁科は、「こいつは、刑事さんの前で話すことじゃなかったな」

と笑った。

依子は、自分がいわば「犯罪の相談」に加わっていることに愕然とした。

でも――そうだわ。国友さんのためだ。

笹原雄一郎殺しを解決して、アッと言わせてあげる。一億円の話は殺人とは違って、単なる「内輪もめ」でしかない……。

食事が一段落すると、仁科が言った。

「問題は柳本安代ですよ」

「そう！　そうよね。突然副社長になって、しかも事実上トップでしょう」

「彼女がどうやってあかねさんに取り入ったか、調べる必要があります」

「――男がいますよ」

と、依子は言った。「今、四十歳？　きっと男が背後にいるでしょう」

「さすが刑事さん。考えることが現実的ですね」

しかし、良子は笹原和敏と会っていることを二人に言わなかった。

プライベートなことですもの、と自分を正当化していた……。

「ところで、倉原さん」

と、仁科が言った。「結果はともかく、話は違法なことに及ぶかもしれない。それでもいいですか？」

さすがに依子もすぐには返事ができなかった。

しかし、今ここで迷っていたら、あの佐々本夕里子が国友を奪っていく。

「――大丈夫です」

と、依子は言った。「決心はついています」

「心強いな」

と、仁科はニヤリと笑って、「僕に一つ考えがあるんですがね……」

これでいいのかしら……。

倉原依子はタクシーで自宅のマンションに向いながら、そう自分へ問いかけていた。

もちろん、謹慎中の身だからといって、どこにも行ってはいけないというわけではない。

伊東良子と仁科と、三人で食事をした。それだけのことだ。

食事代は仁科が、

「大丈夫です。会社の交際費で落ちますから」

と出してくれて、依子が払う機会はなかった。

そしてレストランを出るとタクシーが待っていて、

「どうぞお使い下さい」

と、仁科に言われ、一人で乗ってしまっていた。

しかも走り出したタクシーの運転手に行先を告げようとすると、

「伺ってますから」

と言われ、「料金もチケットをいただいてます」

そんなことまで……。

これでいいのかしら？　――今さらどうしようもなく、依子はタクシーの座席に寛《くつろ》いでいるだけだった。

いや、もちろん、仁科はこういう接待が仕事なのだから、当り前にしてくれただけなのだろう。それを頑《かたく》なに拒めば、却《かえ》って仁科を困らせることになる……。

「どうってこと、ないんだわ」

依子は自分に言い聞かせるように呟いた。

本来、刑事の身で接待されること、食事もタクシー代も払ってもらうことが、禁止されていることだと頭では分っていた。しかし……。

今では依子も後悔していた。国友を怒らせるようなことをしてしまった。

でも――でも、それは国友のせいだ！

そう。いずれ国友も分ってくれる。高校生の女の子なんかに惚れたりしたら、ろくなことにならないと……。そして依子に感謝することになるのだ。

それまでは――仁科の力になろう。そして笹原あかねの正体を明らかにしてやる……。

そう心が決ると、依子は食事のときのワインの酔いが回って来て、マンションに着いて運転手に起こされるまで、ぐっすりと眠ってしまった……。

その翌日、依子は仁科に呼び出されて、夕方、少し暗くなってくるころに、あるホテルのバーに行った。

「――何かあったんですの？」

と、仁科を見付けて席につくと訊いた。

仁科はちょっと声をひそめて、

「奥のテーブルを見て下さい」

と言った。

ちょっと首を伸して覗くと、銀ぶちメガネの男が、二十歳ぐらいの女の子と話をしている。

「あれが、例の宅間という教師ですよ」

と、仁科が言った。

伊東良子に「息子の退学処分を取り消させる」と言って、一億円を要求している男だ。

「よく分りましたね」

と、依子が驚くと、

「いや、たまたま会社に、やっぱり子供を〈R高校〉へ通わせてるのがいましてね。訊いてみたら……」

宅間は、どう見ても女子大生としか見えない女の子に、何やら熱心に話しかけていた。

「――何の話をしてるんですか？」

「おそらく――女子大生に、アルバイトを持ちかけているんでしょう」

「アルバイト？　そんな話を、どうしてホテルのバーで？」

仁科はちょっと笑みを浮かべて、

「まあ、あまり表沙汰《おもてざた》にしたくないアルバイトですよ」

と言った。

その笑みは、「刑事なのに、そんなことも分らないんですか？」と言っているようだった。

「そう……。それじゃ、女子大生と……」

「学内では噂になってるようです。あの宅間という男、校長や学長に若い女の子を世話していると」

「まあ……。じゃ、伊東さんの要求された一億円というのは……」

「私の勘では、女の子と会うためのマンションを買うとか、むろん女の子への手当も必要でしょうしね」

「それにしても一億円？」

「宅間は、あんな謹厳実直風ですが、賭けごとにも目がなくて、かなりの借金を作っているという話です」

依子は、仁科の情報収集能力に舌を巻かずにいられなかった。

「それだけ弱味を握っていたら、言うことを聞かせるのも楽ですね」

「そこで、あなたにも同席していただきたいんですよ」

と、仁科は言った。「何しろ本職の刑事さんだ。宅間には効果があります」

しばらくすると、女子大生らしい女の子と話がついたとみえて、女の子は宅間と握手して、先にバーを出て行った。

宅間はすぐにケータイで誰かに報告しているようだったが、終ってホッとすると、

「おい、水割り」

と、オーダーしてソファに寛いだ。

仁科はウエイターに、

「席を移るから」

と告げて、「行きましょう」

と、依子を促《うなが》した。

仁科と依子がいきなり同じテーブルへやって来たので、宅間は面食らっていたが、

「宅間さん。いや、宅間先生」

と、仁科は言った。「私、〈笹原インダストリー〉の者でしてね」

「何の話です?」

「今の女の子とのお話を、詳しく伺いたいんですけど」

と、依子が警察手帳を見せると、宅間が真青になった。

12　テスト週間

「毎日が速いね」

と、夕里子は言った。「もうトシかな」

「やめてくれよ」

と、国友が苦笑した。「夕里子君にゃ似合わないよ」

夕里子は笑って、

「もちろん冗談よ」

と言った。「もっと食べてね。今夜は珍しく珠美が高い牛肉をたっぷり買って来たから」

「頼むのを間違えたの」

と、珠美がすき焼の鍋《なべ》をつつきながら、「我が一生の不覚」

「いや、おかげで旨い牛肉にありつけたよ」

——佐々本家の夕食、すき焼に国友刑事が加わっている図である。

「私は来週が期末テスト」

と、夕里子は言った。「珠美もでしょ」

「私は、間近になってジタバタしないの。予《あらかじ》め計画的に勉強してる」

「偉いね」

と、国友が言うと、

「計画立てるのが忙しくて、勉強してる暇《ひま》がない」

と、珠美は言った……。

「〈笹原インダストリー〉はどんな具合なの？」

と、夕里子は訊いた。

「倒産したって話は聞かないわね」

「珠美！——あかねさん、頑張ってるのかしら」

「聞いたところでは、会社の方は問題なくやっているらしいよ」

と、国友が言った。「あの柳本安代って女性が有能らしい」

「でも……」

と、夕里子はためらって、「ね、国友さん、例の女刑事さん、倉原依子さんだっけ？　その後は？」

「謹慎期間が過ぎて、仕事に戻ってるよ」

と、国友は言った。「ただ、笹原雄一郎の事件からは外れてるから、どんな風かはよく分らないけど」

「それならいいけど……」

「夕里子姉ちゃん、罪作りだよ」

と、珠美がからかう。

「子供のくせに何言ってるの！」

「大して違わないじゃない」

と、珠美がやり返す。

「よしなさい」

と、綾子がたしなめた。「二人ともまだ子供なのよ。今はしっかり食べて成長すること」

「綾子姉ちゃんに言われたくない……」

と、ブツブツ言いながら、食べる手を止めない珠美だった。

「——あら、誰かしら」

チャイムが鳴って、夕里子が立って行った。

少しして、

「わあ、いい匂い」

と、真美が顔を出した。

「良かったら食べてかない？」

と、夕里子が言った。

「いいんですか！　やった！」

と、真美が飛びつくように言って、「じゃ、栄子さんに言っとかないと」

「用意されてるんじゃ悪くない？」

「大丈夫。今日は帰りが遅いって言ってあるんで」

真美もすき焼に加わって、早速食べ始めた。

「——おいしい！　これ、凄くいい牛肉ですね！」

「言わないで」

珠美が渋い顔をしている。

「そういえば、真美ちゃん、何か用事で？」

と、夕里子が訊く。

「あ、そうだ。すき焼に夢中で忘れてた」

と、真美はお茶を一口飲むと、「――がっかりとびっくりで……」

「何、それ？」

「丸山さんが、家庭教師をやめるって」

「そう。じゃ何かお仕事が見付かったのかしら？」

「それでびっくりしたんです」

「というと？」

「丸山さん、〈笹原インダストリー〉に勤めることになって」

「あら。――じゃ、あかねさんが呼んだのね」

「それが違うんです！　お母さんもびっくりしたって」

と、真美は言った。「丸山さん、柳本安代副社長の秘書になるんです」

これにはみんながびっくりした。

「どういう事情？」

と、夕里子が訊く。

「それが……。誰も知らなかったんですけど……」

「まさか――」

「その『まさか』で。――丸山さん、柳本さんと……その……」

「男女の仲に？　へえ！」

と、珠美も目を丸くしている。「やるじゃない、丸山さん！」

「変な感心の仕方しないの」

と、夕里子は言った。「その話……」

「丸山さんから聞いたんです。何だか、丸山さんが大学の中を夜中に巡回してたら、柳本さんがやって来て……」

真美が二人の「出会い」を話して聞かせると、

「そんなことが……」

と、綾子が首を振って、「何だか似合わないけど、あの人には」

そう。夕里子もそう思った。

丸山がもともと、そういう世渡りの得意なタイプならともかく、全くそうではないと思える。

丸山は無理しているのではないか、と夕里子は思った。

「――でも、丸山さんも、そうやっていい仕事ができれば」

と、真美が言った。「いつまでも大学の夜警をやってるわけにいかないでしょ」

「それはまあ……」

と、夕里子が言いかけると、またチャイムが鳴った。

驚いたことに、やって来たのはあかねだったのである。

「お母さん、どうしたの？」

と、真美がびっくりしている。

「まあ、こんな所で。――おいしそうね！」

スーツ姿のあかねは、社長らしい雰囲気が身について来ていた。

「よかったらご一緒に」

と、綾子が言って――結局、「いい牛肉を多めに買ってしまった」珠美は、

「予知能力があった」

と、自慢することになった。

「めったに家で夕食とらないので」

と、あかねは言った。

「忙しいでしょうね。お体にさわらないように」

と、夕里子が言った。

「ええ。無理はしないようにしてるわ。柳本さんが、その辺はとてもうまく捌《さば》いてくれていて」

「丸山さんのこと、聞きました」

「ええ、私もびっくり。でも、柳本さんも仕事と私生活はきちんと区別する人だから、丸山さんは毎日叱られてる」

と、あかねは笑って言った。

まずまず順調にスタートしているらしい、と夕里子は安堵した。

「こうなると、捜査が進展しない僕の肩身が狭いね」

と、国友が言った。「しかし、必ず犯人は挙げてみせる」

「夕里子姉ちゃんのテストが終ってからだよね」

「珠美、国友さんに失礼でしょ」

「いや、そう言われても仕方ないな」

国友が苦笑した。

「私も、何だか見えない手に助けられてるようで」

と、あかねが言った。

「どういうことですか？」

「うちの古い工場を移転することが数年前から決ってたんですけど、移転先にちょっと怪しげな人たちが入り込んで住みついてしまって。地元の人も困ってたんです。そしたら、何があったのか、その連中がこの間いなくなって。――おかげで移転がスムーズに進んでるんです」

と、綾子が言った。

「それはあかねさんの人徳ですよ」

「だといいけど」

と、あかねは笑って、「あ、このお肉、いただいちゃっていい？」

結局、珠美が「間違って」買い込んだ高級牛肉は、三姉妹プラス、国友、笹原あかね、真美の胃袋に、ひと切れ残らずきれいに納まってしまった。

「珠美、あんたは天才よ！」

と、夕里子がほめると、珠美は複雑な思いで微笑んだ。

珠美としては、国友はともかく、あかねは〈笹原インダストリー〉社長なのだから、「牛肉代を請求してもいいかな」などと考えていたのである……。

「まあいいか……」

「何が？」

と、珠美は首を振った。

「何でもない」

「ごちそうになりっ放しじゃ申し訳ないわね」

と、あかねが言った。「今度、皆さんをフレンチレストランにでもご招待するわ」

「いいんですよ、そんなこと」

と、綾子が言った。

珠美が口を開こうとしたとき、国友のケータイが鳴った。

「——もしもし。——ああ、そうだ。——写真を？　——よし、分った。すぐ行く」

国友は通話を切ると、「中学生から金を巻き上げようとして捕まった奴が、珠美君の写真を持っていたそうだ」

「じゃ、私を襲った連中の一人？」

と、珠美が身をのり出す。

「これから行ってみる。珠美君、一緒に来てくれるか？」

「もちろんよ！」

「私も行くわ」

と、夕里子が言った。「お姉さんは留守番しててね」

「とんでもない」

と、綾子はムッとして、「私は長女よ。佐々本家三姉妹に関して責任があるの！」

話を聞いて、あかねと真美も、

「珠美ちゃんを襲ったなんて、ひどい奴！　許せない！」

と、一緒に行くと言い出したのだった……。

「だってよ……」

と、その男は口を尖らして、「女の子をものにして、金くれるってんだから、いい話じゃねえか……」

「見憶えあるかい？」

と、国友は珠美に訊いた。

「さあ……。一人一人の顔なんてよく見なかったし」

危ういところを、あの〈大物〉神月紀子の子分たちに救われたわけだが、誰が何のために珠美を襲わせたのか……。

「でも、本人は認めてるのね」

と、夕里子は言った。

その男は——どう見ても、まだ十八、九のチンピラで、名を三浜《みはま》マス男《お》といった。

「〈マツ〉って呼ばれてんだ」

と、国友へ言った。

「〈マス男〉なのに、どうして〈マツ〉なんだ?」

「だって、〈マス〉じゃ、何かしまんねえだろ?」

取調室で明りを当てられている、その〈マツ〉というチンピラは、「まぶしくて何も見えねえよ」

と、口を尖らした。

机の上には、隠し撮りしたらしい珠美の写真が置かれていた。

「お前に仕事を頼んだ奴は、この写真を渡したんだな」

と、国友は言った。

「そうだよ」

と、マツという男はうんざりしたように、「何度も言ってんじゃねえか」

「写真を渡したのは、どんな奴だった?」

「知らねえよ」

「そんなわけないだろう！」

と、国友が怒鳴ると、マツは怯《おび》えた様子で、

「そう怒んなよ。そいつとじかに話したのは、俺じゃなくて兄貴なんだ」

「兄貴って誰だ？」

「そりゃあ……。言えねえよ。俺にだって、プライドってもんが……」

「それじゃ、お前一人が罪をかぶるって言うんだな？　刑務所へ入りたいか」

「ちょっと……。だって、実際にゃやってないんだぜ。刑務所なんて……」

「止めに入られなきゃ、やってたんだろう」

「そりゃ、まあ……な。でも、おかげで、こっちもひでえ目にあったんだ。恨みっこなしってことで――」

「そんな理屈が成り立つか！」

「そうかな……。俺も何となくおかしい、って気はしてた」

何だか調子の狂う男である。

「でもよ、兄貴は死んじまったんだ」

「死んだ？」

「うん。二、三日前かな。車にはねられて。呆気《あっけ》なかったよ」

「名前は？」

「〈高田治《たかだおさむ》〉。〈治〉って呼ばれてた。二十……四ぐらいかな。俺たちの中じゃ一番の兄貴分だった」

国友は他の刑事に、その事故のことを当らせることにした。

「――一つ訊いていい？」

と、夕里子は言った。「しくじったのに、どうして珠美の写真を持ってたの？」

「ああ……。その写真の子に惚れちまったんだ」

「は？」

「しくじって、逃げてから写真を捨てようとしたんだけど、そのときじっくり見直してよ。そしたらピンと来たんだ。可愛い子だ！　やらなくて良かったって……」

「あんたのファンだって」

と、夕里子が珠美に言うと、

「珍しい話じゃないよ」

と、珠美が澄まして言った。

「え？　写真の子が来てんの？」

と、マツは目をパチクリさせて、「そうならそうと早く言ってくれよ！」

「さっきから話してるだろ」

と、国友が言った。

「だって、スタンドの明りがまぶしくって、見えねえんだ」

「じゃ、消してやる。これが珠美君の実物だ」

マツは目をこすって、立ち上った。

「何だよ……。目の前が真白で何も見えねえ……」

と、ブツブツ言っている。

「今の内の方が美少女に見えるかも」

と、夕里子が珠美をつついた。

「――やあ！　本当だ！」

マツはやっと見えるようになったらしく、珠美をまじまじと見て、「写真よりずっと可愛いね！」

「そうかしら……」

珠美はちょっと咳払いして、「ま、よくそう言われるけど……」

夕里子と綾子が笑いをこらえている。

「ごめんよ」

と、マツはちょっと頭を下げて、「ひどいことして。何せ、金がなかったんで」

「あんなことを二度としないって約束するんだったら、許してあげる」

と、珠美は言った。

「約束する！　誓うよ！」

と、マツは言った。

「じゃ、もう悪い仲間に誘われても、拒否するって誓って」

「うん、誓う」

「いいわ。じゃ、指切りよ」

マツは珠美と指切りをして、

「──俺、真面目になるよ。刑事さん」

「何だ？」

「ここで何か仕事ない？　掃除でも何でもやるけど」

「手近で捜すな」

と、国友は苦笑した。「じゃ、どこかいい仕事を見付けてやる。真面目に働くんだぞ」

「分ってるよ！　その代り――この写真、持っていいかい？」

珠美は写真を手に取って、

「あんまりよく撮れてないけど、まあいいでしょ」

「ありがとう！　一生大切に持ってるよ！」

結局、マツは、中学生を脅《おど》したという件で自供することになった。

国友のケータイが鳴って、廊下へ出ると、

「――ああ、俺だ。どうだった？」

夕里子も廊下へ出て来た。

「何だって？　確かなのか？　――そうか。分った」

国友はちょっと深刻な表情になった。

「どうしたの？」

と、夕里子が訊くと、

「いや、あのマツってのが言った、高田って兄貴分だけど……」

「何か分ったの？」

「ひき逃げだ。しかも目撃者の話では、高田を狙っていたようだったと……」

と、国友は言った。

13　コンサート

間由香のピアノが力強く鳴って、夕里子の指揮で、コーラスは最後の和音をホール一杯に響かせた。

曲が終ると、一斉に拍手が起る。

終った！——夕里子はホッとしながら、客席に向って一礼した。

舞台袖に入ると、

「やあ、ありがとう！」

と、〈ワルキューレ〉のリーダー、堀田が待っていて、夕里子と握手をした。

「いいえ。うまく行って良かった」

夕里子は汗を拭いて、「〈碧空〉のことも紹介してくれて、ありがとうございました」

「当然だよ」

と、堀田は言った。「さあ、休憩の後がまだある。聴いていってくれるかい？」

「ええ、もちろん。何人か用事で帰りますけど、ほとんど残ると思います」

「しくじらないように、頑張るよ」

と、堀田はニッコリ笑った。

——テストも終り、〈ワルキューレ〉から頼まれて出演したこの〈クリスマスコンサート〉。〈碧空〉の出番はもう終った。

休憩十五分で、ロビーには人が出て来ていた。

「夕里子姉ちゃん」

珠美がやって来て、「まずまずだったね」

「珍しいじゃない、賞《ほ》めてくれるなんて」

と、夕里子は言った。「打上げに参加して、タダでご飯食べようっていうんでしょ」

「え、打上げなんてあるの？」

と、珠美はとぼけている。

「夕里子、お疲れさま」

と、綾子がやって来た。「良かったよ」

「お姉さん、寝てなかった？」

「失礼ね。〈碧空〉のときは起きてたわ」

「国友さん、来ないの？」

と、珠美がロビーを見回す。

「暮れは忙しいのよ」

「酔っ払いの取締りなんかやらないでしょ」

「何だか――例のひき逃げされた高田って男のことで、情報が入ってるらしい」

と、夕里子は言った。

「へえ。仕事してんだ」

「当り前でしょ。――喉渇いた。何か飲もう」

売店はちょっと列ができている。夕里子と珠美が並んで、順番が来ると、

「ジンジャーエール」

と、夕里子が言った。

「と、コーラ」

すかさず珠美が付け加えた。

「へい、どうも」

と、グラスを二つ置いて、「八百円です」

と言ったのは、サンタ風の赤い帽子をかぶった若者で……。

「あ！」

と、珠美が目を丸くした。「あんた……」

「ここでバイトしてるんで」

と言ったのは、「珠美のファン」だと言った、マツだった！

「真面目にやってるんだ」

と、夕里子も微笑んで、「しっかりね」

「どうも！　珠美さんの写真、いつも持って歩いてます」

と、マツは言った。

「――びっくりした！」

と、ロビーをぶらつきながら、珠美は言った。

「あんたも、一人の人間を更生させたのね。大したもんだ」

と、夕里子はジンジャーエールを飲んで、ひと息ついた。

「やあ！」

と、手を振ってやって来たのは、パリッとしたスーツ姿。

「丸山さん」

夕里子は目をみはって、「すっかりビジネスマンですね」

「何とかクビにならずにやってるよ」

と、丸山は言った。「柳本さんも来てるんだ」

「へえ。上司、兼恋人？」

と、珠美が冷やかす。

「まあ、そんなところさ。——あかねさんもみえてるだろ？」

「ええ、真美ちゃんがメンバーだから」

と、夕里子は言った。

「帰りに出口で待ってよう。——じゃ、また」

丸山は足早に行ってしまった。

「何だか、別人のようね」

と、夕里子は首を振って、「それなりに仕事してるんだね、きっと」

「あと五分だよ。私、トイレに行ってくる」

「じゃ、グラス、戻しとくわ」

夕里子が売店のカウンターにグラスを戻して、客席へ入ろうとすると、

「夕里子」

と、綾子が言った。「さっきから、あの女の人が、あんたを見てる」

「え？」

「どこかで見たと思うんだけど……。誰だっけ？」

姉の視線の先へ目をやって、夕里子はびっくりした。

少し離れて、夕里子の方を見ているのは、あの刑事、倉原依子だった。

しかし――コンサートだから、おかしくはないが、真赤なワンピースに、化粧も派手で、およそ以前とイメージが違う。

そして、夕里子と目が合うと、ちょっと冷ややかな笑みを浮かべて、客席へと入って行ったのである。

「――あの人、まだ私のこと恨んでる」

「誰だっけ、あれ？」

と、綾子は首をかしげていた。

〈ワルキューレ〉の〈クリスマスコンサート〉は、途中の休憩が終り、後半のプログ

ラムが始まろうとしていた。

夕里子がリーダーをつとめる〈碧空〉の出番はもう前半に終っていたので、夕里子は綾子、珠美と一緒に客席でのんびりしていた。

「あ、あそこにあかねさん」

と、珠美が言った。

笹原あかねが、真美と一緒に前の方の席についている。真美が珠美に気付いて手を振った。

普通のコンサートに比べると、場内をあまり暗くしていない。アンコールのとき、場内の客にも合唱に加わってもらう予定なのだ。

〈ワルキューレ〉のメンバーがステージに出て来て、歌が始まった。

しかし――夕里子は歌に集中できなかった。

客席に、あの刑事、倉原依子の姿が見えて、ついそっちへ目が行ってしまうのだ。

また、離れた席に、柳本安代が丸山と並んで座っていた。

丸山は、あかねのことが好きだった。――それぐらいは、夕里子にも分る。

しかし、あかねが、殺された笹原雄一郎の子を身ごもっていると知って、諦めたのだろう。柳本安代の秘書になり、同時に恋人でもあるという今の状態は、どうしても不自然なものに見える……。

合唱組曲が一つ終って、拍手が起る。

「あれ？」

夕里子の隣に、ヒョイと座ったのは、国友だった。

「ごめん。君たちのを聴けなくて」

と、国友は少し息を弾ませていた。

「そんなことといいけど……。大丈夫なの、ここへ来てて」

「ああ。最後まで聴けないかもしれない」

「無理しないで。――ね、あそこ」

夕里子が指さす方へ目をやって、

「あれ……倉原君か？」

「そうよ。いつもあんな……」

「変ったな」

と、国友が首を振った。「ちょっと心配だが……」

次の曲が始まって、会話はそこで途切れた。

プログラムの最後はポピュラーな曲をいくつか歌った。その後、指揮している堀田

が、

「どうぞ、皆さんもご一緒に」

と、マイクを手にして客席の方へ語りかけた。「お手もとに、歌詞をプリントしたものをお配りしてあると思います」

誰でも知っているクリスマスソングだった。

夕里子はプリントを持っていなかったが、もちろん歌詞は憶えているので、ピアノ伴奏に合せて一緒に歌った。

客席は一杯に照明が点《つ》けられて明るくなっている。

「――おみごとです!」

一曲終って、堀田は拍手すると、「では、もう一曲、ご一緒に。そこに歌詞があります。〈聖《きよ》しこの夜〉です」

〈ワルキューレ〉のコーラスも盛り上ってホールに歌声が溢《あふ》れた。

夕里子は、ふとホールの通路を歩いて行く男に目をとめた。

みんなが歌っている中、一人歩く姿は目についたが、早く帰るために席を立ったわけではなかった。ホールの前の方へと歩いていたからだ。

夕里子からは男の顔がよく見えなかったが、何となく気になったのは、その歩き方が、どこか不自然だったからだ。

ホールに響く歌声も、全く聞こえていないかのようだ。ゆっくりと、同じペースで通路を前方へと進んで行く。

その先には――笹原あかねと真美がいる。

「国友さん」

と、夕里子は言ったが、国友も一緒になって歌っているので、聞こえていない。

夕里子は国友の腕をつかんだ。国友がびっくりして夕里子を見る。

夕里子がその男を指さして、

「あかねさんの方へ向ってる！」

と、国友の耳元で言った。

国友も、何かまともでないものを感じたのだろう。素早く立ち上って、通路へ出た。

しかし、男が歩いているのは、座席を十数席挟んだ、一本向うの通路だった。

夕里子も立ち上ると、

「ごめん！」

と、隣の珠美の膝の上に立った。

「痛い！　何よ！」

と、珠美は男が文句を言った。

夕里子は男が何かを取り出すのを見た。金属の光が見える。――ナイフだ！

国友が駆けて行くが、向うの通路に抜ける隙間はない。

「危い！」

と、夕里子は叫んだが、ホール内は歌声で一杯になっている。

夕里子は珠美の膝の上のバッグをつかむと、その男の行く先へと、力一杯投げた。

バッグは、あかねたちのいる辺りへ落ちて、びっくりした客が振り向いた。

「お姉ちゃん！　ちょっと――」

珠美が面食らっているのには構わず、夕里子は自分の席にあったバッグをつかんで、もう一度放り投げた。

そのバッグが、奇跡的に、男の肩に当ったのだ。男が振り向く。

あれは――副社長の伊東だ！

異変に気付いて、歌うのをやめる人がいた。夕里子はすかさず、

「あかねさん！　逃げて！」

と、大声で叫んだ。

真美が立ち上って振り返る。

伊東はナイフを手に立ちすくんでいた。

「国友さん、早く！」

国友は一旦ステージの所まで駆けつけて、一番前の列とステージの間を走り抜け、向うの通路へ出た。

そして、ナイフを手に突っ立っている伊東へと駆けて行き、その手からナイフを叩き落とした。

やった！

夕里子も駆け出した。

ホール内が騒然とした。

「あかねさん！」

と、夕里子は叫んだ。「気を付けて！」

「大丈夫！　大丈夫だ！」

と、国友が言った。「取り押えた。大丈夫だ！」

夕里子はハッとした。

状況もよく分らずに、「何か危いことが起っている」となれば、みんながあわてて逃げようとしてパニックになる。

「堀田さん！」

夕里子はステージへと駆けて行った。「アナウンスして！　心配ないって！」

「分った」

堀田も、ステージの上から様子を見ていたので、マイクを手に、

「皆さん！　心配いりません！　席について下さい！　大丈夫ですから、座って下さい！」

と、くり返した。

ざわついていたホールの中が、少しずつ静かになる。

良かった！　――夕里子はホッとした。

「夕里子君、ステージに上って」

と、堀田が声をかける。

夕里子はステージに飛び上ると、マイクを渡され、

「お騒がせしてすみません」

と、客席に向って言った。「ちょっと事件が起りそうでしたが、大丈夫です」

国友が、伊東の腕をねじ上げて、出口へと連れて行く。

それを見て、あかねが立ち上って、後を追った。真美も続く。

「――少し時間を置いて、お帰り下さい」

と、夕里子は言って、「それとも、もう一曲歌います？」

と、堀田に訊いた。

「うん、そうしよう。このままじゃ……」

「お願いします」

マイクを返すと、夕里子はステージから下りた。


「お姉ちゃん！」

ロビーへ出て来て、珠美が言った。「痛かったよ！」

「ごめん！　他に思い付かなくて」

「私のバッグ！」

「はい、これ」

ホールからは、客席も一緒になった合唱が聴こえてくる。

綾子も、もちろん出て来ていた。

「――夕里子さん」

と、あかねが戻って来て、「どういうことなの？　伊東さんが、どうして……」

「見当もつきません」

と、夕里子は首を振った。「今はどこに？」

「国友さんが、このホールの事務室に連れてった」

と、真美が言った。「危なかったね」

「でも……さっぱり分らない」

あかねはショックを隠し切れない様子だった。

そのとき、ホールの扉が開いて、出て来たのは、倉原依子だった。

「国友さんを手伝わなくていいんですか」

夕里子は依子に言った。

依子は冷ややかな笑みを浮かべて、

「あなたが手伝えば？　国友さんの彼女なんでしょ」

と言った。

「私は刑事じゃありませんから」

「そうね。忘れないで、今の自分の言葉を」

そう言って、依子は出て行った。

ホールの出口に黒塗りの車が依子を待っていた。

「――どうなってるの？」

と、珠美が目を丸くして、「刑事なの、あれでも」

「あの人、知ってた」

と、綾子が言った。

「お姉さん……」

国友がやって来て、

「今行ったのは、倉原君だな」

と言った。「どうしちまったんだ、彼女は」

「伊東さんはどうしたんですか？」

と、あかねが訊く。

「それがさっぱり……。ナイフを持ってあそこを歩いてたことも思い出せないらしい」

「どういうこと？」

「分らない。ただボーッとしてるよ」

夕里子は、

「それって……丸山さんが薬をのまされたときみたい」

「うん、どうも、誰かに薬をのまされて、暗示でもかけられたんじゃないかな」

ホールから、丸山と柳本安代が出て来た。

「社長、ご無事でした？」

と、安代が言った。「状況がよく分らなくて、すみません」

「いいのよ。ともかく、何ともなかったんだから……」

と、あかねは言った。

「丸山君」

と、安代が言った。「私は一人で大丈夫。社長とお嬢さんを送ってあげて」

「分りました」

と、丸山が言った。

「いえ、私たちなら……」

「ともかく、少し時間がたつのを待ちましょう」

と、夕里子が言った。

コンサートが終って、客がロビーへと出て来た。

千人近く入るホールなので、客が出てしまうまで、しばらくかかる。

「——お姉さん」

と、夕里子は言った。「さっき言ったわね。『あの人、知ってた』って。どういう意味？」

「あの赤い服の人よ」

「女の刑事さん？」

「うん。私、騒ぎが起きたとき、あの人のこと見てたの」

と、綾子は言った。「国友さんが男の人を取り押えたでしょ。でも、その前から、ずっと、あの女の人、見ていなかった」

「見ていなかった？」

「そう。普通なら、思いがけないことがあったら、みんなそっちを見るでしょ。でも、あの人、全くそっちを見なかったの。びっくりした様子もなかったわ」

「それって……」

「何が起るか、知ってたからだわ。そうでしょ？」

綾子の言葉に、国友は考え込んでしまった。

「綾子君の言う通りだな」

と、ため息をついて、「たぶん倉原君は、ここで何が起るか知っていたんだ」

「国友さん」

と、夕里子は国友の腕を取って、「あの人、私を憎んでる。それはいいの。でも、そのせいで、何かとんでもないこと、しそうな気がする」

「倉原君のことは任せてくれ。まだ同僚だからね」

「ええ、分ってるけど……」

あかねが、

「伊東さんはどうなりますの？」

と訊いた。

「さあ……。ともかく、危うく人を傷つけるところだったんですから。——一旦、署へ連行して、落ちつくのを待ちます」

「奥様に連絡しないと……」

「丸山君にやらせます」

と、安代は言った。

「はい、すぐに」

丸山がケータイを手に、少し離れて行った。

少し間があって、綾子がポツリと言った。

「メリー・クリスマス……」

14　年末プラン

「本当に申し訳ございません！」

床に頭がぶつかるか、という勢いで頭を下げているのは、伊東良子だった。

もちろん、本当にぶつかるわけはないが、ともかくそれほどの勢いだったのである。

「主人が一体どうしたのか、さっぱり分りません」

「ええ、本当に」

と、笹原あかねは肯いて、「でも、実際には何も害がなかったわけですし、そう謝られなくても」

――〈笹原インダストリー〉の社長室である。

「やさしいお言葉、ありがとうございます」

と、良子はハンカチで目を押えたが、涙が出ていたわけじゃなかった……。

「ともかく、会社にとって、伊東さんはなくてはならない存在です。国友さんからも話を聞いた上で、仕事に復帰していただきます」

「ありがとうございます！」

と、良子はまた頭を深々と下げたのだった……。

――良子が帰って行くと、あかねのそばに立っていた柳本安代は、

「いいんですか？」

と、やや不満げに、「何といっても、ナイフを持ってたんですよ」

「国友さんも言ってたじゃないの。きっと薬のせいで……」

「でも、大丈夫でしょうか。――社長がそれでよしとお考えなら、私としては別に……」

と、安代は言った。

「さあ！　仕事、仕事！」

と、あかねは息をついて、「もう年末年始のお休みまで二週間しかない！」

「ご無理なさらないで下さい」

と、安代は言った。「社長は今、大切な時期なんですから」

「ありがとう。でも、とても調子いいの。つわりもほとんどないしね」

「それは結構ですね」

あかねは、今日の予定をパソコンに表示させると、

「仁科君も、パソコンほどは正確じゃないわね。今朝は遅刻してくるし」

「連絡が？」

「ええ。十時には来るって」

「社長……。これはただの噂とは言えないことなんですけど」

と、安代は言った。

「何のこと？」

「仁科君です。もちろん、秘書としては優秀でしょう。でも、秘書にも私生活があります」

「どういう意味？」

「他の人のことが言えるのか、とおっしゃるかもしれませんが、私も丸山君も独身です。年齢《とし》は違いますが」

「私は何も言ってないわよ」

「ええ。――ただ、仁科君と伊東良子さんとなると問題です。良子さんは人妻ですし」

「まあ……。そうなの？」

と、あかねは目を丸くして言った。

「たぶん、間違いありません」

「へえ。――ともかく仕事しましょ」

と言って、「年が明けたら、仕事を減らして、週に三日は休むようにしたいわ」

「結構ですね」

と、安代は微笑んだ。

「そうだわ」

と、あかねは思い出したように、「年末年始、山荘で過そうと思っているの」

「山荘ですか」

「知らない？　笹原の持ってる別荘の一つで、箱根の山の中にあるの」

「存じませんでした」

「なかなか立派なのよ。ホテルみたいに、各部屋にバスルームが付いていて、お客さんを泊められるようになってるの」

「のんびりできそうですね」

「そうね。——色々、招待しようかしら。今回のことでお世話になった人たち」

と、あかねは思い付いて、「そうね、あのにぎやかな三人姉妹も」

「クシュン！」

と、クシャミをして、珠美は、「誰か私たちの噂をしてる」

と言った。

「あんたの、じゃないの？」

と、夕里子は言った。「ともかく、テストの結果もまあまあだったし……。後は冬休みを待つばかり」

「いいわね、妹は気楽で」

と、綾子が言った。「長女は何かと気苦労なのよ」

「そう言っといて、お姉ちゃん、一番よく食べてる」

と、珠美がからかった。

——綾子、夕里子、珠美の三人は、ホテルのバイキングに来ていた。

「さあ、また取って来よう」

と、珠美が張り切って、席を立って行く。

「——大した食欲」

と、夕里子は苦笑して、「すみません、三人も招待していただいて」

今日は、〈クリスマスコンサート〉で夕里子たちの〈碧空〉が出演してくれた、そのお礼ということで、〈ワルキューレ〉の堀田がごちそうしてくれていた。

「いや、そう言われるほどのことでも……」

と、堀田が照れている。

ホテルのバイキング、それもランチというので、そう高くはないが、三人分ともなるとそれなりの金額になる。

いや、三人の他に、ピアノ担当の間由香も招《よ》ばれていた。そして、メンバーの笹原真美も。

〈ワルキューレ〉のメンバーはほとんどが参加している。ただし、各自の払いで。

「——お騒がせしちゃったのに」

と、恐縮しているのは笹原真美だ。

「そんなことはいいけど、何ともなくて良かった」

と、堀田が言った。「何か分ったの?」

「それが、さっぱり」

と、夕里子は首を振って、「伊東さんがあんなことする理由がありません」

昼どきとはいえ、〈ワルキューレ〉のメンバーは社会人なので、ワインやビールを飲んでいる。

「おい、盛り上るのはいいが、みんな声が大きいんだ。周りの迷惑にならないように気をつけろよ」

と、堀田はメンバーに言った。「居酒屋じゃないんだ。歌い出すなよ」

夕里子は笑って、

「大変ですね、堀田さんも」

「ああ。酔っちゃいられないよ」

堀田はウーロン茶を飲んでいた。

バイキングの会場はかなりの広さだが、年の暮れということもあって、忘年会らしい若い人たちも目立つ。

「満席だね」

と、綾子が料理を取って来て言った。

「そう。初めは断られたんだよ。予約しようとしたら」

と、堀田が言った。「そしたら、たまたま大口のキャンセルが出てね。うまく入れることになったんだ」

「おかげさまで、楽しんでます」

と、夕里子は言った。「ローストビーフ、おいしい」

「うん。声につやを出すには肉を食べないとね」

そこへ、

「あら、こんな所で」

と、声がした。「三人揃ってるのね」

「あ……。神月さん」

神月紀子だった。

「忘年会?」

「いえ、コンサートの打上げです」

と、夕里子は言った。

「じゃ、あのときの方たち?　まあ、それはどうも」

神月紀子は、堀田の方へ、「うちの者がご迷惑をおかけして」

「いえ、どうも……」

「神月さんは――」

「若い連中に食べさせるのには、バイキングって、向いてるの」

と、紀子は言った。「何しろ、底なしに食べるからね」

見れば、紀子の子分と思《おぼ》しき男たちが、皿に山盛りの料理を取っている。

「ホテル、赤字ですね」

と、夕里子は言った。

「そうね」

紀子は笑って、「まあ、私は大して食べないけどね」

と言った。

神月紀子が自分のテーブルへ戻って行くと、堀田が言った。

「そうだった。夕里子君が、あのとき連中を追い払ってくれなかったら、コンサートが開けていなかったかもしれないね」

「私が追い払ったわけじゃ……」

「しかし、君も大胆というか、無鉄砲だね。言うのもなんだけど」

「こういう妹を持った姉の苦労をお察し下さい」

と、綾子が言った。

「――ああ！　お腹一杯！」

と、息をついたのは、笹原真美だった。

そして、ケータイを見ると、

「あ、お母さんからメールが来てる」

と、メールを出して読むと、「――ね、夕里子さん、年末年始の予定は？」

「うち？　寝正月ね、たいていは。お父さんは出張だし」

と、夕里子は言った。「どうして？」

「お母さんが、三人姉妹を山荘にご招待したいって。うちももちろん行くから」

「山荘？」

「うん。ちょっと凄いよ。ホテル並み」

「へえ。でも……」

「予定ないんだから、いいじゃない！」

と、珠美が口を挟んだ。

「でも……悪いわ」

「そんなことないの。じゃ、三人とも来てくれるんだよね！」

真美がすぐ返事を打って、「返事が早くてびっくりしてるだろうな」

「ありがとう。でも……」

夕里子は、ほとんど独り言のように、「そういう、いつもと違う所に行くと、たいてい何かよくないことが起るのよね……」

と呟いた。

珠美が、かかって来たケータイに出て、

「うん。——年明けてからね。——いいよ、無理しなくても。——え？　——そう。分った。じゃ、会ったときにね」

聞いていた綾子が、

「誰から？」

「うん……。例の、マツって子」

「あの、あんたを襲おうとした？」

と、綾子が目を丸くして、「あんた、あんな男と付合ってるの？」

「オーバーね。ちょっとピザでも食べようって話」

「呆《あき》れた」

「いいじゃないの」

と、夕里子は言った。「向うは心を入れかえて働いてるんだし」

「そうよ。それに、何だか話したいことがあるって言ってたわ」

「何のことで？」

「分んないけど……。ま、大したことじゃないだろうけど」

と、珠美は言って、再び料理にとりかかった。


マツは、珠美との話を終えて、ケータイをジャンパーのポケットへ入れた。

「さあ……どこで昼飯にしようかな」

珠美がホテルのバイキングを食べていると知ったら、羨ましがっただろう。

しかし、マツもあのホールの売店の仕事でお金をもらっていた。

もちろん、人を脅して巻き上げる方が楽だし、金額も大きい。でも、そういうお金で食べたり飲んだりしても、なぜかおいしくないのである。

わずかでも、ちゃんと働いて手にしたお金は、ハンバーガー一つでも、しっかり味わえる。——自分が、いつかそんなことを考えるようになるとは、思ってもみなかったが……。

人通りの多い道を苦労しながら、マツはすり抜けて行く。

そのマツの後ろにピタリとついた人間がいた。マツは何も気付いていなかった。

その相手が、コートに入れた右手に鋭いナイフをつかんでいることも、もちろん知らなかったのである……。


年の暮れはせわしないといっても……。

もともとマツには、暮れなんてものはない。今年初めて、

「年末年始の休みについて」

どうする？——そう訊かれて、

「へえ。世間じゃ年末年始に休むかどうか、大変なんだ！」

と、びっくりしたくらいである。

でも、あの小生意気で可愛い佐々本珠美と、年明けにならないと会えないっていうんだから——。

「いいですよ。出ます」

と、仕事——といってもアルバイトだが——の上司に言った。

大晦日《おおみそか》も元旦《がんたん》も出ると言ったので、喜んでくれて、

「特別手当が出るからな」

と、上機嫌で言われた。

「おっと」

やたら人の多い交差点だった。

赤信号で足を止めると、隣に並んだ、かなりの年齢のおばあさんが、誰かに突き当られて、転びそうになったのだ。

マツがその手をつかんで、おばあさんは転ばずにすんだ。

「まあ、どうもありがとう」

「気を付けないと。――やたらせっかちな奴がいるからね」

と、マツは言った。

「ええ、本当に。助かりました。どうも……」

「そんなこと……」

礼を言われるほどのことじゃない。

しかし、感謝されて気分が悪いことはないもので、マツはフッと笑顔になった。

「まあ」

と、そのおばあさんはマツを見て、「あんた、笑うと孫とそっくり」

「え？」

「私の孫、今、大学生なのよ」

「そうか。頭いいんだな」

「でも、あんたの方が親切よ」

「そうかい？」

マツはちょっと照れた。

スクランブル交差点は、なかなか青信号にならなかった。

「あんた、いくつ？」

と訊かれて、

「十八だよ」

「まあ、まだ子供ね」

「あ、信号変ったよ」

青になって、一斉に人々が渡り始める。

「用心しなよ、ばあちゃん」

と、マツは言って、渡り始めた。

誰かがスッとマツの傍をすり抜けて行った。

え？　――何だ、今の？

マツは脇腹にチクッと刺すような痛みを感じた。

でも、そんなに大した痛みじゃなくて……。蚊に刺されたにしちゃ、痛かったけど。大体、今どき蚊はいないか。

そのとき、

「まあ、大変！」

と、声を上げたのは、さっきマツを「孫とそっくり」と言ったおばあさんで、

「――血が出てるじゃないの！」

「え？　どこかけがしたのかい？」

と、マツが訊くと、

「血が出てるのはあんたよ！」

「何だって？」

生あたたかいものが、腰から太腿《ふともも》を濡《ぬ》らして行った。

「どうしたんだろ……。俺……」

「しっかりして！」

おばあさんは首に巻いていたショールを外《はず》すと、マツの脇腹に押し当てた。そして、そばを歩いていた男性の腕をつかんで、

「救急車を呼んで！」

と、とても年寄と思えない力強い声で言った。「早く！　一刻を争うのよ！」
大勢の人が行き交うスクランブル交差点の真中で、マツは崩《くず》れるように倒れた。

15 奇妙な刃

「全く、奇跡のようだったそうだよ」

と、国友が言った。「マツが、刺される直前に話をしていたお年寄が元看護師で、傷を見て出血を最小限に止める処置をしていたそうだ。でなかったら、確実に出血多量で死んでいただろうってことだ」

「本当に……」

夕里子が息をついて、「そんな偶然があるなんて」

「うん。その前に、人に突き当られて転びそうになったそのお年寄を、マツが助けてたらしいんだな。それで、その人もマツの様子のおかしいのにすぐ気付いた」

「カッコイイことやっちゃって……」

と、涙ぐんだ珠美が言った。

「まだ若いから心臓がもったんだな。もう心配ないってことだよ」

国友の言葉に、綾子が、

「情《なさけ》は人のためならず……」

と、呟くように言った。

「その方にお礼を申し上げないと」

と、夕里子が言った。

「服が血で汚れたので、帰ったよ。一応、住所と名前は聞いてある」

夕里子が国友のメモを受け取って、

「じゃ、うちから連絡するわ」

と言った。

もう夜になっていたので、病院は廊下も静かだった。

「でも、どうして狙われたんだろ」

と、珠美が首をかしげる。「そんな大物でもないのに……」

「それはそうね。でも何か理由があるはずだわ」

と言うと、夕里子は、「珠美、マツって人、あんたに話したいことがある、とか言ってたんじゃないの？」

「うん、確かにそう言ってた」

「それが理由かもしれないわ」

「でも、そんな大切なことだったら、すぐに言わない？　年明けに会ったときに、ってことにしたんだから」

珠美の言葉はもっともだったが――。

「それはたぶん、マツ自身は大変なことだと分ってなかったんじゃないかな」

と、国友が言った。

「きっとそうね」

と、夕里子が肯く。「今はどんな様子？」

「眠ってるそうだよ」

「そっとしておきましょう」

夕里子は珠美の肩を抱いて言った。「もう大丈夫ってことなんだから」

「うん……。でも……」

と、珠美は少しためらっていたが、「今夜一晩、そばについててやりたい。いいでしょ？」

「そこまでするの？」

と、綾子が眉をひそめて、「他の人が見たら、あんたの恋人かと思われるよ」

「いいじゃない、どう思われたって」

「まあいいけど……」

と、夕里子が言った。「でも、一人でいるのは危い。私も残る」

「じゃあ、私も」

と、綾子が言った。「長女として、妹二人を……」

「おいおい」

国友が呆れて、「ここはホテルじゃないんだぜ」

結局、一晩だけ、三人が交替でマツのそばにつくことになった。

それでは、というわけで、まず珠美がマツのそばへ。そして、他の二人は国友と、病院の向いにあるファミレスで夕食をとることにした。

もちろん、珠美は後で食べに来るのだ。

「――マツを殺しそこなった男が、とどめを刺しに来ないかしら？」

と、夕里子が定食を食べながら言った。

「ちゃんと警官が一人、ナースステーションに待機してるよ。僕も後で交替する」

と、国友が言った。

「さすが！」

と、夕里子が持ち上げる。「――でも、珠美が本気であのマツって人と恋に落ちたら……」

「マツの方が遠慮するさ」

と、国友が言った。「あいつはなかなか常識のある奴だ」

「常識がある、ってことが、誉《ほ》め言葉になる世の中なのね」

と、綾子が妙なことを嘆《なげ》いている。

「おっと、僕のケータイだな」

国友が席を立って行く。

「珠美も結構惚れっぽいね」

と、夕里子が言った。

「恋は大切よ。人格形成の上で」

「へえ。お姉さんがそう言うのって、おかしい」

「何よ。どうせ、私には恋なんかできないと思ってんでしょ」

と、綾子がむくれていると、国友が戻って来た。

「――どうしたの？　心配ごと？」

夕里子が、難しい表情の国友を見て訊いた。

「いや……。例の倉原依子だ」

「夕里子にやきもちやいてる女刑事さんね？」

「倉原さんがどうかしたの？」

「刑事を辞めたそうだ」

と、国友は言った。


「――まあ、本当に？」

と、伊東良子は言った。

ケータイに、仁科からかかって来たのである。

「そうなんですよ」

と、仁科は苦々しげに、「あの女、刑事だから利用価値があったのに。何でも、勤務態度が悪い、と上司に注意されて、カッとなって辞めちまったらしい」

「困ったものね」

「勝手なことされちゃ……。とりあえず、会って話してみますよ。頭を下げて刑事に戻る気になるかどうか」

「難しそうね。でも、そこをあなたの話術でうまく……」

「しかし、ああいうタイプはね。――ま、改めて連絡します」

「よろしく」

良子は通話を切ると、「電源、切っとくわ」

と言った。

「何を企んでるんだい？」

と、ベッドから言ったのは、笹原和敏である。

「企んでる、なんて人聞きが悪いわ」

良子はベッドに戻った。

――笹原和敏は、まだホテル暮し。

また海外へ出かけるか、それとも、あかねに話して、グループ内のどこかの会社に勤めるか、決めかねている。

「ふしぎな人ね」

と、良子は和敏と肌を合せながら、「私の方が年上よ。こんな、生活に疲れた女のどこがいいの？　いくらでも、若い子が寄って来るでしょうに」

「そんなわけないさ」

と、和敏は笑った。「今の僕は単なる失業者だ」

「それにしちゃ、ぜいたくしてるわ」

「コツコツ働いて、小さな建売住宅を買って、なんて生活は向かないんでね」

「笹原一族なんですものね」

「ああ……。こうして東京のホテルで生活してると、段々《だんだん》俗人になってくるよ」

「私が俗人？」

「もちろんさ」

和敏は、良子を抱き寄せると、「――どうかな。僕も、〈笹原インダストリー〉の中で、いいポジションについたら……」

「そんな野心って、すてきよ」

「野心か……。一番僕と縁のない言葉だと思ってたがね」

と呟くように言って、和敏は良子をさらにしっかりと抱き寄せた。

「忘れられないのね」

と、柳本安代が言った。

「――え?」

丸山はふっと我に返ったようで、「ごめん。何か言ったかい?」

「いいの」

と、安代は言った。「ただ、あなたには、いつもあかねさんがナンバー・ワンだっていうこと」

「さあ……。でも、あかねさんは、子供のことで頭が一杯さ。僕には何も……」

丸山はそう言うと、「暮れに山荘へ行くことになってるが……」

「ええ。それって、とんでもなくすてきなことなのよ」

と、安代は言った。

「今の僕には君が大切さ」

そう言って、丸山は安代にキスした。

柳本安代は、丸山のキスを受けながら、どこか冷めた様子だった。

今の丸山は安代の秘書ではなく、「恋人」だった。

仕事が終り、夜の九時ごろから、安代の行きつけのレストランで食事をしてから、この安代のマンションへやって来た。

いつも、こういうわけではない。

帰りが夜中近くになることも珍しくないし、次の日の仕事に差《さ》し支《つか》えるようなことは、決してしない安代だった。

今夜はまだそう遅い時刻ではなかった。

だが、安代は丸山からスッと離れて、

「今夜はもうやすむわ」

と言った。「あなたも帰って」

「分った」

丸山はちょっと当惑したが、

と肯いて、「何か――気に障《さわ》ったかな?」

「違うわよ」

と、安代は微笑んで、「気に障ったら、はっきりそう言うわ」

「確かにそうだ」

と、丸山も笑って、「じゃ、失礼するよ」

「待って」

と、安代は言った。「山荘には、私も招ばれてるの」

「そうか。でも、今、あかねさんは君を一番頼りにしてる。招ばれても当然だろ」

「それはともかく……」

と、安代はソファにかけて、「和敏さん、伊東さんと奥さんも来るようだわ」

「そんなに大勢泊れるの？」

と、丸山が目を丸くする。

「見たことがないものね」

と、安代は言った。「山荘といっても、豪華なホテルみたいなものだそうよ。もともと、ホテルだったのを、笹原家が買い取って改装したっていうから」

「へえ。――スケールが違うね」

と、丸山は首を振って、「あかねさんに僕が惚れたとしても、とてもつり合いが取れないよ」

「そうそう。あの愉快な三人姉妹も来るらしいわよ」

「へえ。――どうも女性陣の力の方が圧倒的に強そうだ」

と言って、丸山はちょっとかしこまると、

「では、おやすみなさいませ」

と、一礼して、玄関の方へ出て行った。

靴をはこうとしていると、

「待って」

と、安代が足早に玄関へやって来て言った。「――やっぱり、泊って行って」

倉原依子は、いつになく酔っていた。

いつもなら、ここまで飲むことはないのだが。――もう刑事でなくなった、と思う

と、いくら酔ってもいいという気になるのだった。

「ちょっと」

と、カウンターの中のバーテンダーに声をかける。「もう一杯、同じの」

「今夜は多いですね。大丈夫ですか？」

「いいのよ！　当分お休みなの」

「そうですか。じゃ、少し軽めのカクテルにでも？　おごりますよ」

「――ありがと」

同情されてる？　私……。

自分でも分っていた。刑事でなくなったことが寂しいのだ。

辞めるなんて言わなきゃ良かった……。

でも、もう遅い。正面切って、

「辞めてやる！」

と言ってしまった。

正直なところ、表に出たときには、もう辞めたことを後悔していたのだが。でも、今さら……。

正式に〈退職願〉を出したわけじゃなかった。カッとなって、ああ言ってしまったのだ。

だから、もしかしたら、まだ辞めたことになっていないかもしれない。それなら、明日の朝、いつも通り出勤して、

「おはようございます！」

と、元気よく言ったら、それですむことかも……。

だが、依子の中のある思いが――もとはといえば、国友があの佐々本夕里子って女の子にたぶらかされてしまったのが原因なのだ。

それがもとで辞めることになった。――すべてはあの小生意気な佐々本夕里子のせいだ。

そう思うと、未練たらしく職場に戻るのも悔しかった。国友にも誤解されたまま

で。

いつの間にか前に置かれたカクテルを取り上げて口をつけると、ケータイの鳴るのが聞こえた。

——何だろう？　もう事件の連絡など入るはずがないと分っているのに、すぐ出ないではいられないのだ。

「——はい、倉原です。——もしもし？　どなた？」

「笹原家の山荘で、佐々本夕里子は年を越す」

と、単調な男の声が言った。「分るか？」

「何よ。誰なの？」

「知らせてやってるんだ。その山荘へは国友刑事も行く」

「国友さんが？」

「向うで佐々本夕里子と一緒に過すんだ。分るだろう、どうなるか」

「それって……」

「国友と佐々本夕里子が、一つベッドの中で愛し合うところが想像できるか」

「やめて！」

と、依子は思わず叫ぶように言った。

「しかし、お前にはどうすることもできないな。もう刑事でなくなったんだから」

「どうして——そんなこと知ってるの」

「分ってるとも。お前が刑事に戻るための方法は、ただ一つだ」

「どういう意味？」

「決ってる。笹原雄一郎殺しの犯人を挙げて、堂々と戻ることだ。お前を馬鹿にした奴らを見返してやれ。そうすれば、誰も文句は言わない。そうだろう？」

「そう。——そうよね」

「山荘へ行くんだ。そして、真相を明らかにしてやれ。お前を馬鹿にしていた連中が、みんなで頭を下げて、『戻って来てくれ』と頼んで来るぞ」

そうだ。——辞めるかどうかなんて、大した問題じゃない。私が事件を解決してやればいいんだ。

依子は、誰がケータイにかけて来たのか、気にすることも忘れて、立ち上った。

少しよろけたが、すぐにシャンとなって、

「ごちそうさま」

と、バーテンダーに声をかけた。「いくらかしら？」

「お代はいいんです」

と、バーテンダーは答えた。

「え？　でも……今のカクテルはともかく――」

「それを出した後に、そこにいたお客さんが、そちらの分も全部払って行かれました」

「まあ……。誰だろ？」

「お知り合いじゃないんですか。あなたが『仕事を辞めて落ち込んでるから』おごるんだとおっしゃって」

「そう……。じゃ、どうも……」

わけが分らないままに、依子はバーを出た。

「お気を付けて！」

というバーテンダーの声が背中を追いかけて来た。


居眠りしてるわ……。

夜勤の看護師は、病室の前で椅子にかけている警官が、頭を垂《た》れているのを眺めて思った。

「大変よね、お巡りさんも……」

仕事とはいえ、ああしてただ座っているってのは楽じゃないだろう。刃物で刺されてかつぎ込まれて来た、あの男の子。みんな〈マツ〉と呼んでたけど、確か〈三浜〉とかいう名だった。

「おっと!」

警官が、あやうく椅子から転げ落ちそうになって、目を覚ました。看護師に見られていたのに気付くと、照れくさそうに笑って、

「いや、どうも……」

「お疲れさま」

「じっと座ってると、ついウトウトして……」

「そうですよね。ナースステーションにコーヒーありますよ。一杯いかが?」

「そうですか! そりゃありがたい」

立ち上ると、伸びをして、その警官はナースステーションの方へやって来た。

「ちゃんとしたカップで飲めるんですよ」

と、まだ二十代半ばの若い看護師、〈ピッチ〉の愛称で呼ばれている有馬《ありま》光《みつ》は言った。

「こりゃどうも……。あ、ブラックのままで……」

「クッキー、いかが？　患者さんのご家族がよく持って来られるんで」

「いただきます」

と、クッキーをつまんで、「いや、ホッとしますね」

「朝までずっと？」

「ええ。九時には交替が来ます」

と、警官は言って、「しかし、看護師さんは、ずっと夜中も仕事があるんですね。大変だな」

「これが仕事ですから。——あ、呼んでるわ」

ナースコールが鳴ったのである。

「ご苦労さま」

コーヒーを飲んでいる警官を残して、〈ピッチ〉は病室へと急いだ。

いつも夜中に「ベッドから落ちそうだ」と言ってナースコールを押す患者がいるのだ。実際にはそんなことはないのだが、心配性で、そう考え出すと、じっとしていられなくなるらしい。七十代の女性だ。

——大丈夫ですよ、とベッドを直してやり、声をかけると、安心してまた眠る。

ナースステーションへ戻ると、警官は病室の前の椅子に戻っていた。

「あら……」

少しコーヒーをこぼしている。大したことでもないので、ティッシュペーパーで拭いておいた……。

見れば、また頭を前に垂れて眠っている様子だ。――よほど眠かったのね、と〈ピッチ〉は思った。

でも、ちょっと気になった。

ついさっき、コーヒーを飲んでクッキーをつまんでいたのに、あんなにグッスリと眠ってしまうものかしら？

〈ピッチ〉は、その警官の方へ歩いて行くと、

「――大丈夫？」

と、声をかけた。「どこか具合でも悪いんですか？」

軽く警官の肩を叩くと――。警官の体はゆっくりと傾いて、床に転った。

〈ピッチ〉は息を呑んだ。

「どうしたんですか！」

と、かがみ込もうとして――目の前の病室のドアが開いたのに気付いた。

「騒ぐな」

と、男の声が言った。「死にたくなければ、中に入れ」

〈ピッチ〉は白く光る刃が突きつけられるのを見て、体を起した。

病室の中へ入ると、男がドアを閉めた。

薄暗い病室の中、ベッドからマツが、

「何してるんだ」

と言った。「俺だけ殺しゃいいんだろ。看護師さんに何しようってんだ」

「目撃者は消さんとな」

黒いコートの男は、そう言って、鋭いナイフの刃を、〈ピッチ〉の首筋に当てた。

「よせ！　お前の顔なんか見ちゃいない」

「念には念を入れないとな。お前は運に恵まれてるようだから」

「逃げも隠れもしねえよ。簡単だろ。さっさと俺だけ殺して出てけ」

と、マツは言った。

〈ピッチ〉は、あまりみんな知らないが、怒りっぽいところがあった。

ナイフを突きつけられて、怖くてガタガタ震えていたが、マツと殺し屋のやりとりを聞いている内、段々腹が立って来た。

何よ、こいつ！　カッコつけちゃって！

人殺し？　フン、ナイフがなきゃ、女も殺せないのか！　この意気地《いくじ》なし！

〈ピッチ〉の内部での怒りは、ナイフを手にした殺し屋の方には、もちろん伝わっていなかった。

それが分るのは、〈ピッチ〉の幼なななじみの恋人ぐらいだろう。長年の付合いで、彼女の中に怒りがこみ上げて来るのを敏感にキャッチ、〈ピッチ〉の平手が飛んで来るのを、素早くよけることができるのだった。

しかし、このときは――。

「ヤッ！」

と、ひと声、〈ピッチ〉は、思い切り男の足を踏みつけた。

それも単に踏んだのでなく、一旦飛び上って、体重をかけ、男の右足の上に着地したのだった。

「ワッ！」

男が叫び声を上げた。おそらく、足の甲の骨が折れただろう。

男が床に倒れて転げ回った。

「おい……」

マツが仰天していると、病室のドアが開いて、明りが点いた。

「良かった！　間に合ったんだね」

と、その女性は言った。

「あ……」

マツは目を丸くして、「あんたは……」

「あら、私の顔、憶えてる？」

「兄貴分から教わってるよ。──そいつのこと……」

その女性は、痛さに呻《うめ》いている殺し屋の方へ目をやると、

「生ゴミに出してもいいけど、表の警官のけがもひどいだろ。あんた、手当を」

「はい！」

〈ピッチ〉は飛び立つように病室から駆け出して行った。

「どうしてここに？」

と、マツが訊くと、

「あの三人姉妹を守ってやりたくてね」

と、神月紀子は言った。「あんたが、あそこの末っ子と好き合ってるみたいだから、あんたのこともついでにね」

「こんなチンピラを？　あんた、偉いんでしょ？」

「偉いかどうか知らないけどね」

と、神月紀子は笑って、「人の情《じょう》ってもんは分ってるのさ」

しかし、マツには一向に分らなかった。

16 山荘

「雪が……」

と、車の窓から表を眺めて、珠美が言った。「ほら、あそこにも残ってる」

「──三日前に、少しまとまった雪が降ったそうよ」

と、笹原真美が言った。「でも、まだ積るところまで行ってないね」

山道は、急なカーブが続いて、車はゆっくりと上って行った。

「深い谷だ」

と、夕里子は、珠美と反対側の席に座っていたので、谷を覗き込むことになった。

「よく、こんな所に山荘が建ったね」

と、綾子が珍しく普通の感想を述べた。

「元はホテルだったんでしょ」

と、夕里子が言った。

「こんな山道じゃ、ホテルは潰れるね」

と、珠美が言った。

「そのおかげで、うちの別荘になったわけね」

ワゴン車には、各自荷物を持った佐々本家の三姉妹と、笹原真美、そして笹原和敏が乗っていた。

「でも、爽やかね」

と、綾子が呑気に言った。

そう。――年の暮れにしては、青空が広がり、風も穏やかだ。

プロのドライバーが、

「じき到着です」

と言った。

「いいなあ、山の中は」

と、笹原和敏が言った。「ビルの林は疲れるよ」

「あんまり働いてないじゃない、叔父さん」

と、真美に言われて、

「働いてないから疲れるんだ」

と、和敏が言った。

「変なの」

と、真美が笑った。「——あ、見えて来た」

木立ちの間から、巨人が立ち上るような感じで、レンガ色の洋館が姿を現わした。

「これ、別荘？」

と、珠美が言った。「うちのマンションはこの何分の一？」

「そんなもの、比較しないのよ」

と、夕里子が言った。

もちろん、夕里子も、その山荘に、少々呆気に取られるくらいびっくりしてはいたのだが……。

でも、何だか浮世離れしてるな、と夕里子は思った。

肝心の笹原雄一郎を殺した犯人も分っていないっていうのに。

〈笹原インダストリー〉の日々が過ぎていく中、あかねは新しい目標を見付けたように、活き活きしている。

ワゴン車が山荘の前に着くと、正面の大きな両開きの扉が開いた。

「いらっしゃい！」

姿を見せたあかねは、すでにこの山荘の女主人として、風景に溶け込んで見えた。

警察に、本当の意味での「休み」がないのは当然である。

犯罪は大晦日だろうが元旦だろうが、お構いなしに起る。殺人犯が、

「正月休みに事件を起しちゃまずいな」

と思って、実行を延期してくれるわけもない。

そんなに呑気な状況なら、わざわざ人を殺さなくてもすむだろう。

国友は年末の出番ではなかった。もちろん、万一事件があれば呼び出されるが、そういつもというわけではない。

あの佐々本三姉妹は、笹原家の山荘なる豪華な別荘に招待されて行った。

あの三人が、そういう所へ出かけると、たいてい物騒なことが起るのだが……。今度は無事でいてほしいものだ。

というより、元々の、笹原雄一郎殺しの犯人さえ挙げられないまま、年を越すことになってしまって、国友としては、あのメンバーに合わせる顔がない、というところ

だった……。

それでも、いつもより静かな捜査一課に足を踏み入れると、国友は自分の机の上にメモが置いてあるのに気付いた。

〈国友さんへ。倉原さんから電話が入っていました〉

倉原依子から？——国友としては、笹原雄一郎の事件の次に頭の痛いことだ。

辞めてやる、と喧嘩《けんか》して出て行ってしまったということだが、こっちへ連絡してくるとは、少し頭を冷やして、後悔しているのだろうか。

ともかく自分の、キイキイきしんだ音をたてる椅子に腰をおろすと、ちょっと息をついて、ケータイで倉原依子にかけた。

何度かかけているのだが、つながらなかったのだ。しかし——今度は鳴っている！

少し待ったが、やがて向うが出て、

「もしもし……」

と、少し舌足らずの声がした。

「倉原君か？　国友だ。分るか？」

「国友さん！　今どこ？」

「え？」

「もう昼間っから、あの子とベッドの中なの？」

「何だって？」

「とぼけないで。佐々本夕里子のことよ」

「まさか、そんなことするわけないだろ。僕に何か用で電話して来たんじゃないのか」

と、国友は訊いた。

「もう山荘とやらに行ってるの？」

口調がもつれて、どうやら……。

「酔ってるのか？」

と、国友は訊いた。

「ほんの少しね。でも、国友さんはやめといた方がいいわよ。笹原家の山荘で何が起るか分らないものね」

「何だって？」

「山荘へ行くんだったら、お香典《こうでん》の袋を持って行った方がいいかもしれないわよ」

「倉原君、それは何か――根拠あっての話なのか？」

「根拠？　それはそうよ。あんだけ恨まれてる三人姉妹ですものね。いつ、どこで殺されたっておかしくない」

「なあ、君――」

「夕里子ちゃんと、せいぜい仲良く楽しんでちょうだい。この世の名残りにね」

と言って、倉原依子は笑った。

「おい、倉原君！　――もしもし？」

切れている。かけ直したが、もうつながらなかった。

「全く……」

国友としては気が重い。何といっても、かつての同僚である。

しかし、あの話に、もし何か事実が混っているとしたら……。

国友は、夕里子のケータイへ電話した。


「いらっしゃいませ」

山荘の広々とした居間。――いつもいる人が、ちゃんといてくれるというのは、安心できることだ。

「栄子さん、ここでも活躍してくれてるの」

と、真美が言った。

「私はいつもの通りにしているだけですわ」

と、須川栄子が言った。「何かお飲みになりますか？」

「じゃ、紅茶とクッキー！」

すかさず返事したのは珠美だった。

「少し遠慮しなさい」

と、綾子が眉をひそめる。

「何でもおっしゃって下さいませ」

と、栄子はニッコリ笑って、「他の皆様は？」

――体が沈んでしまいそうなソファに身を任せると、夕里子が言った。

「珠美、あの〈マツ〉って人に連絡したの？」

「国友さんが知らせてくれたから。病院でのこと」

「あの大物が守ってくれたんでしょ？　神月紀子さん」

「うん、そうだって。今じゃ、警察の人だけじゃなくて、あの人の子分も付いててくれるっていうから……」

「〈マツ〉君も大したものね」

「でも、どういうことなんだろ？　ともかくすっきりして、足を洗ってほしい」

「そうだね」

夕里子のケータイが鳴った。

国友からだ。夕里子は話を聞いていたが、

「——分った。用心するよ」

と言った。「気を付けて来てね。道、分る？」

綾子と珠美は顔を見合せた。

「——夕里子、どうしたの？」

「今、国友さん、こっちに向ってるって。栄子さん、すみませんが食事を——」

言い終らない内に、

「かしこまりました。お部屋もご用意しましょう」

と、一礼して出て行く。

「国友さん、どうしたの？　夕里子姉ちゃんが恋しくて会いに来るって？」

「馬鹿。——あの倉原依子よ」

夕里子が、倉原依子と国友の話をすると、

「じゃ、倉原依子がここへ来るの？」

「分らないけど、用心に越したことないでしょ」

と、夕里子は言った。

「今、国友さんは？」

「途中のパーキングエリアだって。私、ケータイの電源、ちょっと切ってたからな。こっちへ駆けつけるところよ」

夕里子は不安げに、「他の人にも言っといた方がいいわね、きっと。何かあるといけない」

「嫉妬は怖いね」

と、珠美が言った。

そこへ、あかねがやって来て、

「車が着いたわ」

と言った。「にぎやかになるわね」

柳本安代がスーツ姿で現われると、後について、丸山佑一も背広にネクタイで、

「ご出勤って感じね」

と、珠美が言った。

「これはどうも……」

と、少し気後《きおく》れした様子でやって来たのは、副社長の伊東と、妻の良子。

「お疲れさま」

と、あかねが言った。「今年は大変な一年でしたけど、みんなの力で乗り切って来ました。もちろん、来年はもっと大変な一年になるかもしれません。でも、私たちが力を合せれば、きっと克服できます」

あかねの口調には、少しの悲壮感もなかった。

夫の死よりも、今、お腹の中で育っているもう一つの命が、あかねを輝かせている、と夕里子は思った……。

手早くコーヒーを飲み終ると、国友はパーキングエリアの建物を出て、車へと向った。

駐車場はほとんど一杯で、かなり端《はし》の方に停《と》めてある。

もうかなり暗くなっていた。——山荘に着くころは真暗だろう。

初めての道、しかも山の中だ。少々不安だったが、ともかく向うへ着けばいいのだ。

「焦らずに行こう」

と、自分へ言い聞かせて車に乗り込む。

広い道は空いていて、少しスピードを出した。——刑事としては、スピードオーバーはうまくないが……。

「ま、少しぐらいいいだろ」

その内、道は分れて、段々細くなって来た。上り坂はくねくねとカーブが続いて、前方に集中しないと危かった。

ともかく、上っているのだ。山荘へ少しずつ近付いているのは確かだ。

照明の全くない山道で、ライトが照らすセンターラインを辿《たど》って運転する。

出発するときは、寝不足で、少し眠かったが、この道では眠っていられない！

ハンドルをしっかり握り直して、アクセルを踏む。——すると、車全体が、ガクンと揺れた。

「——何だ？」

石にでも乗り上げたのかな？

ともかく、車は走り続けていたが……。

「え？」

と、思わず声を上げた。

ブレーキを踏んだが、スピードが落ちない！　そんなことが……。

山道が下りになった。スピードが上る。

ブレーキ。——ブレーキだ！

だが、ブレーキが全く利かない。

国友の顔から血の気がひいた。ブレーキが壊れたのか？

カーブは次々に目の前に迫ってくる。ハンドルを切って、右へ左へと車を操《あやつ》るが、徐々に車は加速していた。

その内、カーブを曲りきれなくなるだろう。そうなる前に——何とかしなくては。

しかし、対応を考える間もなく、カーブが続く。道が上りになれば……。

そのとき、向うから近付いてくるライトが見えた。対向車が来る！

ライトが目に入って、一瞬、カーブが見えなくなった。

まずい！　ハンドルを切ると、車は道を外れて、ガタガタと飛びはねた。

国友は力一杯ブレーキを踏んだが、車はそのまま突っ走って行った……。


「——あ、ごめんなさい！」

夕里子はスープの中にスプーンを落としてしまった。

はねたスープが胸の辺りに飛んだ。

「夕里子、何ぼんやりしてるの」

と、綾子が言った。

「綾子姉ちゃんに言われちゃね」

と、珠美がからかう。

「どうぞこれで」

素早く栄子がふきんを持って来てくれる。

「大丈夫です。すみません」

「すぐスプーンをお持ちしますから」

「でも……」

食卓はにぎやかで、夕里子のことを誰もほとんど気にしていなかった。

栄子がスプーンを持って来てくれたが、夕里子は、

「ちょっと手を洗って来ますから」

と、席を立った。

化粧室も、休憩できるソファが置いてあったり、並のホテルとは格が違うという感じだった。

手を洗って廊下へ出ると、綾子が立っていた。

「お姉さん、どうしたの?」

と、夕里子が訊くと、

「あんたに電話」

綾子がケータイを差し出す。

「わざわざ持って来てくれたの?」

「国友さんのケータイらしいけど……」

「何だ、そうか」

「でも……」

と、綾子はちょっと首をかしげている。

「何? ——もしもし、国友さん?」

と、夕里子が出ると、

「そちらはどなたですか?」

国友でないことは確かだった。女性の声だ。

「あの……」

「このケータイは国友さんという方のですか?」

と、やや事務的な口調。

「そうだと思います……。いえ、そうです。私、知り合いですが」

「県立S病院の救急の者です」

「は……」

夕里子は面食らって、「どうして病院に……」

「先ほど、車の事故がありまして」

と、その女性は言った。「重傷者が運び込まれて来ました。救急隊員が現場でこのケータイを。私、看護師ですが、もしお知り合いでしたら……」

夕里子はやっと事情を理解して、青くなった。

「はい！　あの――すぐ伺います。県立S病院ですね！」

「そうです。救急外来へいらして下さい」

「分りました」

「お名前は……」

「佐々本です。佐々本夕里子」

「では、お待ちしています」

――夕里子は通話を切って、少しの間、目を閉じていた。

事故……。重傷者……。

国友さん！

「夕里子、どうする？」

と、綾子が言った。

「すぐ行かなきゃ」

「でも、どうやって？」

「あ、そうか……」

夕里子は少し考えていたが、「——栄子さんに頼んで、タクシーを呼んでもらおうか」

「こんな所、来てくれるかしら？」

「時間、かかるよね、きっと」

綾子は少し考えていたが、

「他に方法はない」

と言った。「ここの車を借りる」

「車……。あるよね、確か」

夕里子も、この山荘のガレージに、車があるのを見ていた。

「誰かに運転、頼もう」

と、夕里子は言った。「私、免許、持ってない」

まだ十七歳だ。

「夕里子、自分の恋人のことで、人に迷惑かけちゃいけないわ」

「だって……」

「免許持ってる人間がいるのに」

「どこに?」

「私、持ってるでしょ!」

と、綾子は胸を張って言った。

「あ、そうだっけ」

夕里子がよく憶えていないくらいだ。免許を取ったといっても、綾子はほとんど運転の経験はない。

「でも、無理だよ。こんな山道を……」

「どんな道でも、道は道!　カーブは曲ればいい」

「でも——」

「栄子さんに、車のキーを借りて来る!」

と、綾子はさっさと行ってしまった。

夕里子は唖然としていたが、

「――まさか、本気?」

と呟くと、あわてて綾子の後を追って行った。

17　目の前の死

国友さん……。

今まさに、国友さんは死にかけているのかもしれない。

息も絶《た》え絶《だ》えの中、

「夕里子君……」

と、弱々しい声を出し、手を伸して、「この手を握ってくれ……」

と、空《むな》しく呟く。

「せめて……夕里子君の手を握って死にたい……」

ああ！　国友さん！　待っててね！　死んじゃいやだよ！

――夕里子は、祈りながら……。

「お姉さん！　もっと急いでよ！」

と、夕里子は助手席で怒鳴っていた。

しかし、ハンドルを握りしめ、親の仇《かたき》をにらみつけているかのような目で、前方を見据えている綾子の耳には全く入っていない。

夕里子が止める間もなく、綾子は栄子の車のキーが台所に掛けてあるのを、さっさと取って来てしまったのだ。

車は無事動き出し、夕里子も、

「お姉さん、意外とやるじゃない」

と、ちょっと感心したのだが、一旦山道を下り始めると……。

「歩いた方が速くない？」

と、後ろの席で言ったのは、何かありそうと聞きつけて来た珠美だった。

歩いた方が速い、というのは大げさだったが、夕里子が苛々するのも当然だった。

しかし、綾子としては、必死で額に汗を浮かべながら、山道を下っていたのである。

だが——夕里子も、姉の心が傷つくことまで、今は考えていられなかった。

「停めて！」

と、夕里子は言った。

「何よ」

「お姉さん、降りて」

「どうするの？」

「いいから！」

夕里子の剣幕に押されて、綾子は車を降りた。夕里子も助手席から降りると、姉と入れ替った。

「――夕里子姉ちゃん、免許持ってないんでしょ？」

と、珠美は、夕里子が運転席につくのを見て言った。

「運転させてもらったことがある。友達のお兄さんの車でね」

「でも――」

「大丈夫！」

夕里子はサイドブレーキを外して、「行くわよ！」

と言った。

「夕里子……。刑事さんのお見舞に行くのに、無免許運転って、まずくない？」

と、綾子が言い終らない内に、夕里子はぐいとアクセルを踏み込んで、車は勢いよく飛び出した。

「危い！　崖《がけ》から落ちる！」

と、珠美が叫んだ。

「誰が！」

夕里子はハンドルを切って、山道を辿って行った。――どんどんスピードが上る。

「お願い！　少しスピード落として！」

と、綾子が叫ぶほどだった。

「私、まだ死にたくない！」

と、珠美はギュッと目をつぶった。「神様！　仏様！」

「一緒に祈っちゃだめでしょ！」

と、こだわりを捨てない綾子だった。

そして――約十五分後。

佐々本三姉妹の魂は天国へ召されて行った――わけではなかった。

夕里子の必死の運転で、車は無事に山を下り切っていた。

「奇跡だ！」

と、珠美は大きく息を吐いた。

「後はカーナビを頼りに行けばいいね」

と、夕里子はホッとして、「お姉さん、替る？」

「いいから、そのまま運転して」

と、綾子は生きた心地がしないという表情で、「捕まったら、そのときはそのとき」

しかし、幸い、無免許運転で引っかかることもなく、車は病院前に着いた。

「でも——国友さん、生きてるかな」

と、珠美が車を降りながら、「私、後から行くから、お姉ちゃんたち、お先にどうぞ」

〈救急外来〉の文字が明るく浮かび上っていた。

夕里子は祈る思いで、そのドアを開けたが——。

「やあ！　よく来られたね」

目の前に立っていたのは、国友だったのである。

「国友さん！」

夕里子が呆然として、「——生きてたんだ！」

「ごめん。僕のケータイが落ちてたんだな。さっき話を聞いたよ」

「重傷者って……」

「トラックのドライバーさんだよ。僕の車をよけようとして……。申し訳ないことをしたよ」

「でも、どうして？」

「ブレーキが利かなくなった。たぶん、誰かが細工《さいく》したんだろう」

「誰が？　——まさか……」

「そう思いたくはないが、たぶん倉原君だと思うよ」

「でも、どうして……」

「それより、山荘の方は大丈夫か？」

「出てくるときまでは」

「車を借りた。僕は山荘へ行くよ。倉原君が何かを知っているって気がするんだ」

「何か事件を起すっていうの？」

「分らないが……。ともかく、山荘そのものを警戒した方がいい。今、応援を頼んだところだ」

「良かった！」

夕里子は、今になって喜びがこみ上げて来て、国友にしっかり抱きついた。

「おい、靴《くつ》のまま上っちゃ……」

「あ、ごめん」

靴を脱いで、スリッパにはきかえるようになっているのだった。

「みんな気が付かなかったね」

と、珠美も上り口へ戻って、靴を脱いだ。

三人がスリッパにはきかえると、

「現地の警察の人間を待ってるんだ」

と、国友が言った。「もうすぐ来ると思うよ」

夕里子は安堵して、汗を拭いたが……。

ふと、靴が並んでいる上り口の方へ目をやった。

「それって……。もしかして……」

「夕里子、何を呟いてるの？」

「靴よ！　──靴があるはずだった！」

夕里子の言葉に、みんなが呆気に取られていた……。

「夕里子、落ちついて」

と、綾子が言った。「国友さんが無事だったんで、興奮してるのね。深呼吸して、
少し体操するといいわ」

「そんなこと言ってるんじゃないよ！」

と、夕里子は言った。

「じゃ、何なの？　靴がどうしたって？」

「笹原雄一郎さんが殺されたときの話。――あかねさんが話してくれたでしょ」

「みんなでカレーライス食べたとき？」

珠美は食べものと結びつけないと思い出せないのだ。

「あかねさんと真美ちゃんが帰宅すると、中から須川栄子さんが飛び出して来て、笹原雄一郎さんが大変ですって言った」

「それがどうしたの？」

「栄子さんは買物に行って戻って来た。そして買って来たものを冷蔵庫などへしまって、それから居間へ行って、雄一郎さんが倒れているのを見付けた。そこへあかねさんたちが帰って来た」

「うん、それで？」

「でも、栄子さんが帰って来たとき、もう雄一郎さんは当然殺されてたわけでしょ」

「そうだろうね」

と、国友が肯く。

「それなら、栄子さんはまず雄一郎さんの顔を見に行くでしょ。買物したものを冷蔵庫へ入れる前に」

「しかし、雄一郎さんが帰宅していると気付かなかったんだろう」

「それなの。栄子さんの話だと、雄一郎さんが帰ってることを知らなかったと思える。でも、そんなのおかしいわ」

「どうして？」

と、珠美が言った。

「だって、玄関に、当然雄一郎さんの靴があったはずでしょ。栄子さんが、主人の靴が玄関に脱いであることに気付かないはずがないわ」

「それもそうね……」

と、綾子は首をかしげて、「でも――それがどうしたの？」

「だから、栄子さんは、買物から帰ってすぐに、居間で雄一郎さんが殺されているのを見付けたってことになる」

「じゃ、それから買ったものを冷蔵庫へしまったの？」

と、珠美が言った。「そんなのおかしいよ」

「そうよ。だから……」

夕里子が言葉を切った。

国友は少し考え込んでいたが、

「こういうことか……」

と呟くように言って、「つまり、もしかすると、笹原雄一郎さんを殺したのが、栄子さんかもしれないと……」

「まさか」

と、珠美がほとんど反射的に言った。「そんなことある？」

「私だって、そんなこと考えたくないわよ」

と、夕里子は言った。「でも、可能性としては……」

「夕里子君の話は筋が通ってる」

と、国友が言った。「もちろん、それだけで栄子さんを犯人だとは決められないが、万が一、そうだとすると……」

夕里子は何か思い付いたように、

「国友さん……。今、山荘には、国友さんも私たちもいない」

「うん。まさかとは思うが、栄子さんがもし次の殺人を考えてるとしたら、止める人間がいない」

「国友さん、車を――」

「うん、借りてある」

「急いで山荘へ行きましょう。私たちの乗って来た車もあるわ」

「やめて！」

と、綾子と珠美が同時に言った。

「どうしたんだい？」

と、国友が目を丸くしている。

夕里子が無免許で運転して来たとも言いにくく、

「私の腕じゃ、やっぱり頼りないから」

と、綾子がごまかす。

「僕の車で行こう！　ともかく急いで――」

「山荘へ電話しましょう」

と、夕里子は言った。「これからすぐ国友さんが行くって分ったら、たぶん何も起きないでしょう」

「よし、車の中からかけてくれ」

――国友が車を病院の前に回して来ると、三人が急いで乗り込む。

そして夕里子は助手席に座り、車が走り出すと、ケータイで山荘の電話へかけた。居間の電話にかかるはずだ。

「――はい、もしもし？」

「真美ちゃん？　夕里子だけど」

「ああ。どこにいるんですか？　三人とも姿が――」

「ふもとの病院に行ってたの」

「どこか具合悪いんですか？」

「そうじゃないの。ともかく、今、国友さんの運転で、そっちへ向ってるから」

「何かあったんですか？」

「ちょっと訊きたいことがあるって、国友さんがね」

「そうですか」

「もうやすむ人もいるかもしれないけど、私たちがそっちへ着くまで待ってて下さい、って伝えてくれる？」

「分りました」

「よろしくね」

と、夕里子は言った。「今、みんなは？」

「あちこちです。でも——そうだ。栄子さんがね、デザートに特製のスフレを作ってくれるの」

「スフレ？」

「ええ。私も食べたことあるけど、凄くおいしいんですよ！」

と、真美は言った。「あと三十分くらいしたら、みんなが居間に集まることになってます。人数多いんで、少し時間がかかるって、栄子さんが」

「そう。——それまでには着くと思うわ」

「じゃ、国友さんの分も作ってもらわないと」

「そうね。そう頼んでくれる？」

「分りました！　栄子さん、きっと喜びますよ」

真美は張り切って言った。

——夕里子は通話を切ると、

「全員にスフレをふるまうって……」

「まさか、それが……」

と、国友は言いかけて、「いや、そんなことはあり得ないな」

「スフレに毒を？　——まさか！　それじゃ、すぐ分ってしまうわ」

「うん。そうだな」

夕里子にしても、あの須川栄子が、山荘にいる客全員を毒殺しようという大量殺人鬼だとは考えにくい。

車は上りなのでスピードは上げられないが、しっかりとカーブを切り、山荘へと向っていた。

でも――。夕里子は助手席でじっと前方の暗がりを見つめながら思った。もし、本当に栄子さんが犯人だとしたら、動機は何だろう？　栄子に、笹原雄一郎を殺す理由があるだろうか？

「栄子さんって、何年くらいあそこで働いてるんだっけ？」

「二十年以上とか言ってなかった？」

と、珠美が言った。「給料いくらなんだろ」

――そう。そんな栄子に、笹原雄一郎を殺す動機などあるわけがないという気がする。

そして、それが正しいとすれば……。

「そうだよね」

と、夕里子は言った。「栄子さんが嘘をついたとしても、自分で雄一郎さんを殺したからとは限らない」

「というと？」

　国友がハンドルを切りながら言った。「あと少しだ。明りが見えて来た」

「だからね。栄子さんは誰かをかばったのかもしれないってこと」

と、夕里子は言った。

　書斎という時代遅れなものが、この山荘にはあった。

　ちょっとした図書室で、壁一杯の本棚にはびっしりと本が並んでいる。

　そして落ちついて本が読める、小さなテーブルの付いたアームチェア。

　ドアが開いて、

「いいかな？」

と、顔を出したのは、丸山佑一だった。

「ええ、もちろん」

　中のアームチェアに座っていたあかねは微笑んで、「私、ここにいると落ちつくの」

「君は本の好きな子だったからな」

と、丸山は書棚を眺めて、「お腹の子もきっと読書好きになるよ」

「だといいけど」

「いや……今は社長って呼ばなきゃいけないか」

「やめてよ。ここはプライベートな空間」

「うん……。しかし、何だか気になるんだ」

と、丸山も腰をおろすと、「あかねさん、この全員集合の裏に何かあるのかい？」

と訊いた。

あかねはちょっと目を見開いて、

「どうして？」

と訊き返した。

「いや……家族でもない、僕や伊東さんたちまで……。何か考えてのことなのかと思ってね」

「もちろん考えてるわ。だって私は社長になったばかり。伊東さんや柳本さんの力を借りなきゃ、とてもまとまらない。年が明けたら、本格的に仕事が始まるでしょ。そのためにも、この山荘で一緒に過して、気持よく仕事できるようにしないと」

「うん……。まあ、君がそう思ってのことなら、それでもいいが」

と、丸山はやや曖昧な口調で言った。

「それより、丸山さん」

と、あかねが言った。「あなたこそ、いいの？」

「僕が？」

「今のままで。——もちろん、あなたも柳本さんも大人だから、口を出すつもりはないけど……」

丸山は少し間を置いて、

「まあ……正直なところ、初めの内は君のことが忘れたくて、無理してるところもあったよ」

「丸山さん……」

「いや、君が幸せなら、僕はどうでもいいと思ったんだ。柳本さんとだって、僕にしてみりゃ、つりあいの取れない組合せだ。しかし、慣れてくると、仕事での彼女と、プライベートの彼女の違いが、心地いい気がして来たんだ」

と、丸山は少し照れたように、「彼女にしてみれば、僕みたいなタイプが珍しいだけかもしれない。その内振られたら、ビルの警備員でもやるさ」

「でも、柳本さんの秘書として役に立ってるじゃないの」

「精一杯、頑張ってはいるけどね」

「ええ、分ってる」

と、あかねは肯いた。「あなたはそういう人だもの」

「とんでもない山荘ね……」

と、伊東良子は、一階の廊下をブラつきながら呟いた。

いつか、もし夫がグループのトップに立ったら……。

実現の可能性はあまり失《な》くなっていたが、それでも、想像することは楽しかった。

伊東は、この間の不始末で、すっかり恐縮している。しかし、あかねは少しも怒っていないようで、それが表面だけのことではないらしいのが、良子にとっては驚きだった……。

そう。——今すぐあかねの座を狙って何か行動を起すのは良くない。

今は様子を見よう。この山荘で過す日々がどんなものになるか。

みんな、お互いの腹の内を探っているのだろう。

——行き止りね。

良子は、廊下を来た方へ戻ろうとした。すると、

「お一人ですか？」

と、声がして、良子はびっくりして飛び上りそうになった。

「誰？」

と振り返って、良子は目をみはった。

あの元刑事の倉原依子が立っていたのである。

「あなた……どうしてここへ？」

「見物にね」

と、依子は言った。「自分で小型車を運転してね」

「でも――もうじきあの国友って刑事さんがここへ来るのよ」

良子の言葉に、依子は戸惑ったように、

「そんなこと……。そんなわけないわ」

と、呟くように言った。

「どうして？」

しかし、依子は良子の言葉を聞いていなかった。

「私、隠れてますから！　誰にも言わないで下さいね」

そう言うと、依子は素早く廊下の奥のドアから姿を消した。

「あれって……地下室に下りるドアだわね、確か」

と、良子は呟いて、「あの女、何しに来たのかしら……」

18　崩壊

山荘の前に車が停ると、まず夕里子が助手席から飛び出すように出て、玄関のドアへと駆けて行った。

そしてドアを開けようとすると、中からドアが開いて、

「お帰りなさいませ」

と、いつものように須川栄子が言った。「皆様でお出かけでいらしたのですね。存じませんで」

少しも変らない栄子である。

「ごめんなさい、黙って行ってしまって」

と、夕里子は言った。「国友さんが車の事故に巻き込まれた、って連絡があったん

で、焦って出かけてしまったの」

「まあ、それは……」

と、栄子は言いかけたが、当の国友が車から降りて来るのを見て、「でも、ご無事だったのですね」

「ええ。トラックとぶつかりそうになったけど、運よく……」

「それはようございました」

と、栄子は言った。「どうぞ中へ。──ちょうどスフレをお出ししているところで」

「楽しみだわ！」

と珠美が言った。

居間へ入って行くと、あかねや真美が皿を手にスフレを食べていた。

「おいしいわよ、夕里子さん！」

と、真美が言った。

「一度に皆様の分は作れませんので、少しお待ち下さいね」

と、栄子は微笑んで言った。

あかねと真美の他は、和敏と柳本安代が先にスフレを味わっていた。

「あと十分ほどで、次の四つが焼き上ります」

と、栄子は言って、「済んだお皿はテーブルの上に重ねておいて下さい」

と、台所へ姿を消す。

——スフレに何か入っているのでは、という心配は、まあ無用だったようだ。

しかし、このなごやかな席で、栄子を訊問するわけにいかない。

「国友さん」

と、真美がスフレを早々と食べ終えて、「何か手掛りが見付かったんですか？」

「いや……。見付かるかどうか、これからだね」

と、国友は言った。

「車の事故って、国友さんの？」

と、真美は訊いた。

「うん。ブレーキが故障してね」

「へえ、怖い。それって、もしかして誰かが細工したんじゃないの？」

「車をしっかり調べないと、はっきり分らないがね」

と、国友は言った。「そのことと係りがあるかもしれませんが、刑事として笹原雄一郎さんの事件を調べていた倉原依子が、警察を辞めたこと、ご存知の方もおありでしょう。彼女が、この山荘で何か起るかもしれないと言って来たので、僕はここへ来ることにしたんです。刑事として、本当にお恥ずかしいことですが……」

「ああ」

と言ったのは、伊東良子だった。「それでここに来たのね」

少しの間、ポカンとした沈黙があった。

「誰が来たって？」

と、夫の正治が良子に言った。

「え？　何が？」

「お前、今、『ここに来た』とかって……」

「ああ。その人――元刑事さん。さっき会ったわ」

「倉原依子に？」

と、国友がびっくりして、「どこで会ったんですか？」

「ほら、地下に下りて行くドア。あそこに入ってった。国友さんが来ると言ってやったら、ふしぎそうな顔してた……」

「そのドアは？」

と、夕里子が訊いた。

だが――国友が先頭になって廊下へ出たとき、

「国友さん、車の音！」

と、夕里子は言った。

表を車が走って行く音が聞こえたのだ。

玄関から飛び出すと、小型車が山荘を後に走り去って行き、すぐ見えなくなった。

「自分の小型車で来た、と言ってたわ」

と、良子が言った。

「国友さん、地下室を調べた方が」

と、夕里子が言った。「ただ逃げたのならいいけど、何か仕掛けてるかもしれない」

「うん、分った」

国友は地元の警察へ連絡して、倉原依子の車をチェックするよう依頼してから、

「――僕が一人で見て来る」

と言った。「みんな居間に戻っていて下さい」

「一人じゃだめよ」

と、夕里子が言った。「私も。お姉さんも一緒に来て」

声をかけられなかった珠美は、

「スフレ、お姉ちゃんたちの分まで食べとくからね」

と言った……。

夕里子たちに加えて、丸山が一緒に地下室へ入ることになった。

明りを点けると、かなりの広さの地下室が足下に広がった。

「国友さん……」

「うん、ガソリンの匂いだ」

それはすぐに見付かった。

目覚し時計をタイマーに使った、時限発火装置だ。ガソリンの入ったポリ容器につないである。

「大丈夫。簡単な仕掛けだ」

国友が時計を外して、「しかし、もし発火してたら……」

「山荘が火事に？」

「その可能性はあった」

と、国友は肯いた。「何てことだ……」

放火未遂は重罪だ。

国友は、もう一度地元の警察へ連絡して、発見次第、倉原依子の身柄を確保してくれるよう頼んだ。

——居間へ戻ると、国友は状況を説明して、

「もう危険はありません」

と言った。「倉原依子を手配しました。まさかこんなことまで……」

「まあ、無事で良かったですわ」

と、栄子が台所からスフレを運んで来て、居間は甘い香りで満たされた。


「お腹が一杯になったら、眠くなって来た……」

と言って、真美が欠伸をした。

「今日は皆さん、疲れたでしょう」

と、あかねが居間を見渡して、「もうすぐ十二時になるわ。もうやすみましょう」

「せっかくの休みなのに、こんなに早く寝るなんて、悔しい」

などと言いながら、珠美もつられたのか、欠伸をしている。

「私はいつでも寝られるわ」

綾子はもうトロンとした目をしている。

「綾子姉ちゃんは、起きてるときも寝てるときも、あんまり違わない」

「失礼ね」

「ともかく、各自、部屋へ引き上げましょう」

と、あかねが立ち上る。「後は、栄子さん、よろしく」

「はい、お任せ下さい」

栄子はいつもの通りである。

「明日はのんびり寝てていいんだろ」

と、和敏が言った。

「あら、アフリカなんかじゃ、夜明けと共に起きるんじゃなかったんですか?」

と、柳本安代が言った。

「すっかり日本の毒にやられてね」

と、和敏は言って、「では、お先に」

と、居間を出て行った。

安代について、丸山も出て行く。そして伊東夫婦……。

「国友様のお部屋も用意いたしました」

と、栄子が言った。「二階の一番奥の部屋でございます」

「お手数です」

国友は礼を言ってから、夕里子の方へ、

「何か変ったことがあったら、起してくれ」

「国友さんもね。お姉さんはどうせ起きないと思うけど」

一人、また一人と、欠伸しながら居間から姿を消して——。

栄子が、空いたコーヒーカップなどを盆にのせて、台所へと運んで行った。

そして、二十分もすると、手早く片付けを終った栄子が、居間の明りを消して、自分も二階へと上って行った。

一階の廊下は、半分ほどに明るさを落とした照明が灯《とも》っている。

そして——静寂が訪れた。

夕里子は静かに階段を下りて来た。

一階の廊下のぼんやりとした明りでも、充分に周囲は見渡せる。

「何だか……。気になるのよね」

と呟くと、夕里子はさっき発火装置を見付けた、地下へ下りるドアの前で足を止めた。

そして、ドアを開けると、中へ入って行った。

綾子と珠美はもうパジャマに着替えてベッドに入っている。夕里子はまだ服のまま起きていたのだ。

明りを点ける。——さっき、国友と入ったときのままの地下室の光景が広がった。

そして、室内には、まだガソリンの匂いが漂《ただよ》っていた。

気になる。——あまりに簡単過ぎたような気がするのだ。

もちろん、夕里子にも分っている。倉原依子は「まともではない」。

あのガソリンに点火しようとする時限装置だって、気付かなければ、この屋敷を火事にしていただろう。

しかし、依子は伊東良子と出会っている。そしてこの地下室へ入るのも見られている。

当然、ここへ国友たちが調べに来ると考えるだろう。そんなことも考えないほど、彼女は正気を失っていたのか？

「でも……」

もしかしたら……。あれは、わざと目立つように置いた仕掛けで、本当は別の何かがあったのではないか。

考え過ぎだろうか？　国友だって、そんな心配をしていないのに、夕里子がそこまで考えるのは……。

「まあいいや」

何もなければそれでいい。ともかく、今は調べてみないと、安心して眠れない。

地下室は、半分ほどが空いているが、奥の半分には、古くなった家具や、マットレス、それに段ボールが積み上げてあった。

夕里子はその中へ分け入って行った。

――特に目につくものはない。

何でもなかったのかな……。

戻ろうとして、夕里子の目が足下に落ちた。照明を前方から受けて、床の埃《ほこり》が白く照らされている。

夕里子自身の足跡はもちろんあるが、しかし――。

埃の上に、何かを引きずったような跡があった。最近のものだ。

何を、どこへ引きずって行ったのだろう？

その跡を目で追うと、積み上げた段ボールに遮られた。

段ボールを動かした形跡がある。よく見ないと分らないのだが、段ボールの底の部分が少しずれている。

一度動かして、元に戻したのかもしれない。ということは――この段ボールの向うに、何かが隠されているのか……。

国友を起こして来た方がいいのだろうか？

しかし、迷う前に、夕里子はその段ボールに体重をかけて動かそうとしていた。

重い……。

でも――少し踏んばって押すと、床をこする音がして、段ボールが動いた。

もう少し……。あと少し。

夕里子は息をついた。

「ハア……」

汗が出た。ただ単に力仕事をしたからではない。何か出て来るのでは、という予感のようなものが、緊張を生んでいたからだ。

それは、これまで色々と事件に係って来た夕里子の直感のようなものだった。

「もうひと頑張り」

と、自分を励ますように言って、夕里子は全力で、「――やっ！」

と、段ボールを押した。

そこに――立っていたのは、秘書の仁科だった。

びっくりはしたが、悲鳴を上げるほどではなく、

「何してるんですか、こんな所で！」

と、問い詰めるように言ったが……。

妙だった。仁科は夕里子の言っていることも聞こえず、夕里子を見てもいないようだった。

「仁科さん――」

と、夕里子が言いかけると、仁科の体は、ゆっくりと倒れて来て夕里子にもたれかかった。

「やめて！」

飛びのいた夕里子は、仁科がそのまま床に突っ伏すように倒れるのを見て、目をみはった。

この人……。死んでる？

明りに照らされて、仁科の背中が濡れて光っていた。黒っぽい上着で、目立たなかったが、それは血だと分った。

上着の背に、切り裂かれたところがある。そこから血が広がっているのだ。

「こんなことだと思った……」

呑気と言われそうだが、夕里子は呟いた。

何ごともなく、この夜が終るとは思えなかったのだ。――殺人だ。国友さんを呼ばなくちゃ。

そのとき、背後に足音がして、夕里子はハッと振り返った。


山荘の少し手前まで上ったところで車を停めると、倉原依子はエンジンを切った。

山荘を出るところは見られているから、当然山を下りたと思われているだろう。

依子は、狭い山道だが、小型車なので、何とかUターンして、再び山を上って来たのである。

車を下りると、残る少しの距離を上って行く。――はおったコートのポケットには小型の拳銃が入っていた。

そう。本当に重宝だわ、ああいう人がいると。

どこで見付けてくるのか、何でも手に入れてくれる。倉原依子は警察を辞めたので、拳銃も当然持っていなかった。それでも……。

山荘が見えて来た。――一階の窓は、どこも暗くなっている。

そして二階も。みんな眠っているだろう。

依子は、山荘の近くまで上って来ると、少し足を止めて、息をついた。

運動不足ね……。

依子は、山荘の建物の脇へ回ると、小さな明りの灯った窓を捜した。

かなりの広さで、窓も多い。少し手間取ったが、見付けた。窓の下には、ちゃんと花壇があって、レンガが積まれている。

レンガの上に上って、窓を押すと、音もなく開いた。中へ忍び込むのは思ったより大変だったが、何とか入れた。

小さな納戸だった。シーツやタオルが棚にきちんとたたまれて積んである。

清潔なタオルの、いい香りがした。

依子の胸がチクリと痛んだ。

清潔なタオル。――それは国友との結婚生活を想像させたのだ。

もういい。――今さら、そんなことを考えても……。

国友は結局依子を裏切ったのだ。あの高校生のせいで。

許さない！　許すもんですか！

依子はコートから取り出した拳銃を握りしめると、そっとドアを開けて廊下へ出た。

――静かだ。

あのガソリンの仕掛けは、もちろん見付かっているだろう。それで安心してぐっすり眠っている。誰もが。

階段の方へと進んで行くと――。

いつの間にか、廊下の先に、須川栄子が立っていた。

依子は一瞬ギクリとした。――いつ出て来たのだろう?

「どう?」

と、依子は小声で訊いた。

「予定通りでございます」

と、栄子はいつもと変らぬ口調で言った。

「みんな眠ってる?」

「そのはずです」

と、栄子は肯いて、「怪しまれるほどは薬を入れてありませんが」

「結構だわ」

と、依子は肯いて、「人間、安心してぐっすり眠っていれば、目を覚ますことはまずないわよ」

「では、お二階へ」

栄子が先に立って、廊下を玄関の方へと進んで行く。

玄関ホールのかすかな照明に、階段が浮かび上っていた。

栄子が階段を上りかけたとき、居間から、

「クシュン！」

と、クシャミが聞こえた。

居間は明りが消えて真暗になっている。

「誰か……」

と、依子が居間の中の様子をうかがった。

「そんなことが……」

栄子は居間へ入って行くと、明りを点けた。

――しばらく、栄子も依子も立ちすくんで、無言だった。

「夜ふかしのくせは簡単に抜けないの」

と言ったのは、珠美だった。

「私、目が冴えちゃって……」

と、綾子が言った。

「スフレはおいしかったんですけどね」

と、夕里子が言った。

「馬鹿なことはやめるんだ」

と、国友が言った。「倉原君、君も刑事だったんだぞ。正気に戻ってくれ」

——四人だけではなかった。

笹原あかねと真美。そして丸山も立っていたのである。

「どうして……」

と、栄子が呆然と呟く。

「私を責めるの？」

と、依子は声を震わせて、「もとはといえば、国友さんを誘惑した、その子のせいよ！」

と、夕里子をにらみつける。

「やめるんだ」

と、国友が言った。「取り返しのつかないことになる」

「もう遅いわ！」

と、依子は叫ぶように言って、「道連れにしてやる！」

依子が銃口を夕里子へ向けて引金を引いた。

銃声が響き渡った。

しかし――夕里子は動かなかった。

「どういうこと？」

と、依子が愕然として、「あなた――」

と、栄子を見る。

「そんなはずが……」

と、栄子が言った。

そこへ、

「不良品だったようね」

と、声がして、栄子たちの後ろに姿を見せたのは――神月紀子だった。

「神月さん」

と、夕里子が言った。「弾丸が出ないって教えてくれたのは――」

「私の手の者がそこの女に売ったんでね」

と、神月紀子は言った。

「私の邪魔をしたのね！」

と、依子が紀子をにらんだ。

「そうじゃないわ」

と、紀子は首を振って、「私は自分の娘を守っただけ」

あかねがハッと息を呑んで、

「もしかして……お母さん？」

「ええ」

と、紀子は肯いた。「あんたはまだ六歳だった。私は父に家を追い出されたの。それも何一つ持たずに。——行き倒れになっているところを、通りかかった神月に救われた。私は神月の妻になって、この世界で生きて来たの」

「その声……。憶えてる」

と、あかねは言った。

「でも、あんたに、こんな世界にどっぷり浸っている姿を見せられなかった。でも、ずっとあんたのことは見守っていたのよ」

と、紀子は言った。「そこの丸山さんが、父のせいでとんでもない目にあわされたことも、あんたが笹原さんと結婚したことも……。ひどい父親しか知らなかったあんたが、ずっと年上の笹原さんと結婚して幸せそうだったことも分ってた」

それを聞いていた栄子が、突然、

「いいえ！」

と、叫ぶように言った。「そんなはずは……。旦那様は裏切られていたんです！」

「栄子さん……」

と、あかねが愕然として、「私が主人を裏切ったと？」

「そうですとも！」

と、栄子は別人のように顔を紅潮させて、「真美さんが生まれた後、旦那様は大病されて、『もう子供はできないんだ』とおっしゃったんです。あなたと結婚する前に、私にそうおっしゃって……」

「それは違います」

と、あかねは真直ぐに栄子を見つめて言った。「結婚したとき、あの人は、『子供はできないかもしれない』とは言いました。でもそれは自分が年齢《とし》を取っているし、真美ちゃんのことを考えると、子供を作らなくても、という気持だったんです」

「でも、あなたはそこの丸山と――」

「いいえ！」

あかねは激しい口調で、「決して、夫を裏切ってはいません」

「僕は正直、あかねさんと再会したとき、もしかしたら、と期待した」

と、丸山は言った。「あかねさんが、父親ほど年齢《とし》の離れた男と結婚して幸せなはずがないと思い込んで。しかし、あかねさんは、僕が一歩近付けば一歩退《さ》がって、決して受け容れてはくれなかった。――僕を逃がそうとしてくれたときも、恋愛感情はなかった。僕は自分を恥じたよ」

やや沈黙があって、

「――栄子さん」

と、夕里子が言った。「真実を話して下さい」

「何を一体――」

「靴のことです」

夕里子は、買物から帰ったとき、栄子が笹原雄一郎の靴に気付いたはずだと話した。そして、

「あなたが殺したんですか、雄一郎さんを」

と訊いた。

青ざめた栄子は、押し黙っていた。

そのとき――居間へフラッと入って来たのは、和敏だった。

「ああ、目がさめちまった」

と、欠伸をして、「喉が渇いて……。何してるんだ?」

「ちょうどいいところへ」

と、国友が言った。「和敏さん、あなたにもお訊きしたいことがあったんです」

「何です、一体?」

「あなたは、笹原雄一郎氏の社葬の日、アフリカから帰国された」

「ええ、ぎりぎりでね」

「それは確かです。しかし、あなたがアフリカに行っていたのは、わずか二日ほど。日本を出て、ほとんどトンボ返りで戻って来た。そして、何十年ぶりで帰国したふりをした」

「馬鹿な……」

「出入国記録を調べました。あなたは、一年以上前に帰国している。それまで海外生活をしていたのは事実でしょう。しかし、日本では兄の雄一郎さんが〈笹原インダストリー〉グループをひきいて成功している。弟の自分だって、と思ったでしょう。四十歳になって、貧乏暮しにも疲れていた」

「勝手な想像で言わないでくれ!」

と、和敏はむきになって言い返した。

「しかも、ルワンダの日本大使館に話を聞いたところ、あなたの妻だという女性が二人も三人も、あなたの消息を知りたいと、くり返し訪れているそうですよ」

「それは……ただの遊び相手の女だ」

と、和敏が口ごもった。

「じゃあ……あなたが？」

と、あかねは言った。「あなたが主人を殺したの？」

「違う！　俺じゃない！」

と、否定する和敏の額に汗が浮んでいた。

「——そうだったの」

放心したように、倉原依子が呟いた。「国友さん。私が片付けてあげるわ」

そう言うなり、依子は手にした拳銃を和敏へ向けて引金を引いた。

銃声がして、和敏は仰天して腰を抜かした。そして、

「何するんだ！　——分った！　撃たないでくれ！　俺が——俺が兄貴を殺した！」

と、叫ぶように言った。「だけど——俺は言われた通りにしただけだ！　栄子が俺を言いなりに……」

もう一度、銃声がした。

しかし——今度は和敏の胸が、じわじわと血に染っていった。和敏は目を見開いて、

「こんなこと……ありえない……」

と呟くと、バタッと仰向けに倒れた。

「栄子さん……」

と、あかねが言った。

栄子が拳銃を手にしていた。

「これはずっと前に手に入れたものですので」

と、栄子は淡々と言った。「ちゃんと弾丸が出ましたね」

「それをこちらへ」

と、和敏が死んでいるのを確かめて、国友が言った。「さあ、もう終りにしましょう」

「いいえ」

栄子が銃口をあかねに向ける。素早くあかねをかばって立ちはだかったのは、真美だつた。

「お母さんを撃たないで！」

と、真美は言った。

「だめよ！」

あかねが真美を押しのける。

「お母さん――」

「このまま動かないで」

と、あかねが真直ぐに栄子へ向くと、「あなたは主人のことが大事だったんでしょう？　だったらどうして私を殺さなかったの？」

「旦那様はあなたを愛しておられました」

と、栄子が言った。「二十年以上もおそばにいたのですもの、私には分ります。でも、あなたが旦那様を裏切ったと私は思って――しかも、身ごもったことも気付きました。そう……。あなたを殺そうかと思いました、初めは。でも、あなたが死んだら、旦那様はあなたの美しい思い出だけを抱いて生きていかれるでしょう。しかも悲しまれて。――そんなことはできませんでした」

「だからといって――」

「そこへ、この人が――和敏さんがやって来たんです。旦那様はお留守だったし、あなたも出かけていて、私一人のところへ。すぐに分りました。この男なら、何でもする。お金のためなら。そして、旦那様のことを羨しがって、憎んでいました。自分がいけないのに。そういう人です」

栄子は冷ややかに笑った。「私は、とりあえず、和敏さんにお金をやって、安いホテルに泊らせることに……。そして考えたんです。あかねさんを殺しても仕方ない。あかねさんと丸山さんの二人を罰しなくては、と……」

栄子は、少し間を置いて、

「――旦那様にもお話ししていませんでしたが、私は病気で、先が長くないのです」

「そんな……」

「それならいっそ、旦那様と一緒に、と思いました。自分の手ではできないけれど、この和敏さんなら平気でやるだろう。そして、丸山さんを犯人に仕立てれば、あかねさんも何とか助けようとして、共犯者と思われるだろうと……」

栄子は嘆息して、「でも、あかねさんにはこんな味方がいたんですね」

と、神月紀子の方をチラッと見た。

「和敏さんだけじゃありませんね」

と、夕里子は言った。「仁科さんもあなたのために働いていたんでしょう」

栄子は肯いて、

「旦那様のような立場の方には、何かと公にできないことやお金の出入りがあるものです」

と言った。「そういう裏の仕事を、仁科が一手に引き受けてやっていました。それで自然私も仁科と親しくなったんです。そして、仁科が忠実な秘書の顔の裏に、強い上昇志向を持っているのを知りました。でも、旦那様を殺すような度胸はない。それで、和敏さんに言って、もし和敏さんが旦那様の後を継いだら仁科を重役のポストにつけると約束しました。仁科は旦那様のあらゆることを取りしきっていたので、何かと便利でしたよ」

「丸山さんをなかなか笹原さんに会わせないようにしたのも仁科さんのやったこと？」

「ええ。仁科が考えてやったことです。佐々本家の三姉妹のことは、真美さんから聞いていましたし、あかねさんの味方になると面倒だと……。本当にそうなってしまいましたね」

珠美が腹立たしげに、

「〈マツ〉を殺そうとしたの？」

「あなたを襲うように頼んだ人間から、仁科のことが分ると困りますからね。でも、しくじってしまった。――結局、仁科は大物の器じゃなかったんですよ。何をやらせても中途半端だった」

「〈マツ〉の兄貴分だった人を車でひき逃げしたのも？」

「私は知りませんでしたが、それで仁科は何でもやろうと思ったようです。人一人殺してしまったのですから」

「でも、その仁科を殺したんですね」

と、夕里子は言った。「死体、見付けましたよ」

「仁科がここへ来るとは思っていなかったのです。地下室で、和敏さんと私が話しているのを聞いてしまって、自分が馬鹿にされたと怒り出したので、やむを得ず。でも、もうあの人の役割は終っていたのですけどね」

「あかねさんを殺すつもりだったんですか？」

「その女刑事さんが嫉妬からあなたを殺そうとしてやって来たので、同時にあかねさんも……。でも、いざとなったら、やれたかどうか、分りません。旦那様が愛しておられた人ですから」

と、栄子は静かに言った。

「私はお二人が死体を隠すのを、地下室に隠れていて、見てしまいましたよ」

と、神月紀子が言った。「そして、あなたが用意した睡眠薬をすりかえておいたんです。ただの胃腸薬とね」

「運の強い人にはかないませんね」

と、栄子は言った。「お世話になりました」

小さく頭を下げると、

「床を汚すのは心苦しいですけど」

栄子が銃口を自分の胸に押し当てた。

「やめて！」

と、あかねが叫ぶと同時に、銃声が響いた。

この夜、最後の銃声だった。

エピローグ

「ああ……」

珠美が欠伸をした。

「少し寝たら？」

と、夕里子が言った。「起こしてあげるから、行くときは」

「いいよ。ちゃんと見届けないと」

と、珠美はブルブルッと頭を振って、「──綾子姉ちゃんは幸せだね」

と言った。

綾子は居間のソファにかけてウトウトしている。

もう昼近くになっていた。

山荘の中には、鑑識の人間を初め、大勢が出入りしている。

地下室の仁科、居間の和敏、そして、須川栄子の死体の検死がある。

「――ひどいことになったわ」

と、あかねがため息をついた。「私が至らなかったせいだわ」

「あかねさん、そんなこと……」

「でも――お正月が明けたら、仕事が始まる。何があっても、仕事は……」

「そうですよ」

と、夕里子は言った。「あかねさんには、そのお腹の子を生んで育てる、って仕事がありますよ」

「ええ……。そうね」

――朝になって、全員が事情を聞かされて啞然とした。

あかねは、丸山や柳本安代と相談して、この山荘を午後には出て、都内のホテルに泊ることにした。

「――あかね」

神月紀子が居間へ入って来ると、「私は先に失礼するわ」

「お母さん。一緒にいてくれないの?」

「神月の主《あるじ》としてはね、年末年始、色々やることがあるのよ」

と、紀子は言った。「また、いつでも会えるわ」

「ありがとう」

あかねは固く母の手を握った。

「神月さん」

と、夕里子が言った。「丸山さんが殺人容疑をかけられるのを知ってたんですか？丸山さんが薬で半ば意識を失ってたのは――」

「そこまでは知らなかったわ」

と、紀子が言った。「まさか、あかねのご主人が殺されるとは思ってなかった。でも、何か企みがあるようだって気付いて、見張っていたの。薬をのまされた丸山さんを、ともかく外へ連れ出して、通りがかった人が病院へ連れて行ってくれるのを確かめた」

「助かったわ」

と、あかねが言った。

「そうそう」

紀子は、眠そうな珠美の方に、「あの〈マツ〉をよろしくね」

「あ……。はい!」

「あの子、本気であなたが好きだって言いたいらしいわよ」

「何だ、言いたいことってそれか」

と、珠美は言った。「元気になったら、デートしてやります!」

「まだ早い」

と、眠っていると思った綾子が突然言ったので、みんな一瞬呆気に取られ、それから笑った。

——国友が顔を出して、

「倉原君を先に行かせるよ」

と言った。

「私……」

夕里子が国友について、外に出て行った。

倉原依子が、手錠をかけられて、パトカーの方へ連れて行かれるところだった。

「倉原さん」

と、夕里子が声をかけると、依子は足を止めて振り返った。

「倉原さん。——立ち直って下さいね」

と、夕里子は言った。「私に言われたくないでしょうけど」

依子はちょっと微笑んで、

「悪い夢からさめたみたいよ」

と言った。

「そうですよ」

と、夕里子は肯いた。「この下へ下りたら、違う世界が待ってるんです」

「だといいけど。――国友さん、ごめんなさい、色々と」

「いや……。またゆっくり話をしよう」

依子を乗せたパトカーが走り去って行く。

夕里子は空気の冷たさに初めて気付いたように、身を縮めて、白く息を吐いた。

「大丈夫かい？」

と、国友が夕里子の肩を抱いて、「中へ入ろう」

「ええ」

夕里子は山荘の中へと戻りながら、「熱いココアでも飲む？　私だって、それぐらい作れるわ」

「僕が作ろう。少しはサービスしないとね」

「本当？　じゃ、三人分よ。他の二人が怒るから」

居間へ戻ると、

「熱いココア、飲む人！」

と、夕里子は声をかけた。「国友さんが作ってくれます！」

居合せた全員が手を上げた。三人分ですまないことは明らかだった……。

（了）

解説

山前　譲

おっとりとした長女の綾子《あやこ》、推理力抜群の次女の夕里子《ゆりこ》、がっちり家計を握っている三女の珠美《たまみ》——本書はお馴染みの佐々本《ささもと》家の三姉妹が活躍しますが、冒頭で、珠美がただならぬことを口走っています。「お父さんの出張手当は私たちの食事代」だと。三姉妹の父親である周平《しゅうへい》は建設会社勤務のせいか出張が多く、それも海外出張ばかりしているので、その手当はかなりの額になると推察されます。ほとんど自宅にいる気配はないので、給料そのものも三姉妹の管理下、いや正確に言えば珠美の管理下にあるのは間違いありません。

とはいえこの発言、世の中のお父さんたちにとって、そう簡単に納得できるものではないと推察いたします。一家の大黒柱として家計を支える責任はありますし、そして可愛い子供たちが喜んでくれるのなら父親冥利《みょうり》に尽きるのはもちろんです。ただ、さすがにこうあからさまに……。

佐々本家にちょっと波乱を招きそうな珠美の発言は、幸いなことに周平のもとには届かなかったようですが、またもや父親が海外出張中の十一月のある夜、その出張手当をあてにして、三姉妹はけっこう立派なイタリアンのレストランで食事中です。ピザだ、スパゲティだといつになく珠美の財布の紐《ひも》は緩んでいます。

そこに夕里子のケータイに、ボーイフレンドの国友《くにとも》刑事から電話が入りました。呼ばれて店の外にでてみると、なんとそのレストランを張り込み中！　殺人事件の容疑者で逃走中の丸山佑一《まるやまゆういち》が、女と待ち合わせているという情報が入ったということでした。

たしかに店内にはおかしな素振りの客がいます。夕里子は危険な匂いを感じてしまうのでした。夕里子は料理を味わうよりも名探偵としての興味のほうがまさってしまうのです。そして国友やその同僚でウエイトレスに扮《ふん》していた倉原依子《くらはらよりこ》刑事らは、丸山を確保するのですが……。

すでに二十以上の事件にかかわってきた佐々本三姉妹です。シリーズ第一作は自宅が火事となり、焼け落ちた家の押入れから女性の死体が発見されています。文化祭の本番前に殺人事件が起こったり、試験問題盗難事件に絡んで主婦が殺されたり、山荘で怪奇な事件が連続したりと、数々の難事件にこれまで直面してきました。

そうした過去のスリリングな体験と比べると、ここでの事件は最初、ちょっと地味に思えるかもしれません。〈笹原《ささはら》インダストリー〉のオーナー社長である笹原雄一郎《ゆういちろう》の死体が自宅で発見されます。娘の家庭教師として笹原家に出入りしていた丸山佑一が、雄一郎の若い妻と共謀して殺したのではないか。警察はそうした捜査方針のもと、レストランに張り込んでいたのです。事件としてはとりたてて難解なものではないと、最初思ってしまうのは当然かもしれません。

ところが、丸山にアリバイが成立します。個人的な憎悪なのか、それとも会社経営でのトラブルなのか、被害者の笹原雄一郎をめぐる複雑な人間関係が、国友たち捜査陣を迷走させるのでした。

雄一郎と再婚した四十歳以上年下の妻のあかね、前妻とのあいだに生まれた高校一年生の真美《まさみ》、笹原家の家事を任されている須川栄子《すがわえいこ》、雄一郎の弟で長らく海外に行っていた和敏《かずとし》、〈笹原インダストリー〉の副社長の伊東正治《いとうまさはる》とその妻の良子《りょうこ》、社長秘書の仁科《にしな》、海外事業部長の柳本安代《やなぎもとやすよ》と、利害関係が交錯します。そして裏社会の大物までも関係してきます。

真美に真相解明を依頼された夕里子は、〈人が殺される。その理由の一つは、その人の死で誰かが得をするということだ〉〈もう一つの理由は、損得でなく、その人への憎しみや怒りが積り積って、爆発することだ〉と、犯罪の原点である動機から真相に迫ろうとするのでした。しかし、誰もが秘密を抱えています。奥深い人間関係が名探偵をも苦しめるのでした。そしてその謎解きに絡んでくるのが歪《ゆが》んだ愛なのです。

一九五六年に著されたエーリッヒ・フロム『愛するということ』は名著として長く読み継がれています。そのタイトルからして恋愛指南術のようなイメージを持ってしまうかもしれませんが、男女間のことだけでなく、人間社会でのさまざまな愛について語られていくなかで、愛の本質が自分から「与える」ことだと知らされます。だからこそ愛する技術が必要なのだと。

しかし、時としてその愛が歪んだ方向に突き進んでいくことは、ミステリーの読者なら十分に承知のことでしょう。「IN★POCKET」(二〇一七・一〜一八・八)に連載され、二〇一九年六月に講談社ノベルスの一冊として刊行されたとき、作者はこんな言葉を寄せていました。

何年たっても、一向に年令をとらない、佐々本家の三姉妹。係る事件は色々だが、やはり人を動かす一番大きな力は恋愛だろう。恋は嫉妬を生み、裏切りや絶望が愛を憎しみに変える。犯罪の動機として、恋愛はいつまでもトップであり続けるだろう。

もちろんそれは恋のすばらしさの裏返しでもある。三姉妹に恋する喜びが訪れるのはいつのことだろうか。


終盤、まさに恋と罪が満ちた峡谷の山荘に、関係者が集っています。そして繰り広げられる謎解き――これぞミステリーの醍醐味《だいごみ》です。犯人の意外性はシリーズのなかでも屈指のものではないでしょうか。

そこで夕里子はまさに九死に一生という体験をしているのですが、彼女のファンとしては、女子中高生のコーラスグループだという〈碧空〉での活動のほうに興味をそそられるかもしれません。なんと夕里子はそこでリーダーを務めているというのですから驚かされます。欲望と憎悪が入り交じった事件の謎解きのバックに、〈碧空〉の爽《さわ》やかなコーラスが響いています。

ところで、冒頭が冒頭だけに、この長編では、なんだか食事をしているシーンがいつもより多いと思うのは気のせいでしょうか。出張手当をオーバーしてしまわないだろうかと気をもんでしまうのは――やっぱり余計なお節介でしょうね。

本書は二〇一九年六月に講談社ノベルスとして刊行されました。

|著者| 赤川次郎　1948年福岡県生まれ。'76年に『幽霊列車』でオール讀物推理小説新人賞を受賞しデビュー。「四文字熟語」「三姉妹探偵団」「三毛猫ホームズ」など、多数の人気シリーズがある。クラシック音楽に造詣が深く、芝居、文楽、映画などの鑑賞も楽しみ。2006年、長年のミステリー界への貢献により、第9回日本ミステリー文学大賞を受賞。'16年、『東京零《ゼロ》年』で第50回吉川英治文学賞を受賞。'17年に著作が600冊を突破した。

三姉妹《さんしまい》、恋《こい》と罪《つみ》の峡谷《きょうこく》　三姉妹探偵団《さんしまいたんていだん》26

赤川次郎《あかがわじろう》

講談社文庫

定価はカバーに
表示してあります

2022年6月15日第1刷発行

KODANSHA

発行者――鈴木章一

発行所――株式会社　講談社

東京都文京区音羽2-12-21　〒112-8001

電話　出版（03）5395-3510

販売（03）5395-5817

業務（03）5395-3615

Printed in Japan

デザイン―菊地信義

本文データ制作―講談社デジタル製作

印刷―――中央精版印刷株式会社

製本―――中央精版印刷株式会社

ISBN978-4-06-527339-5

講談社文庫刊行の辞

二十一世紀の到来を目睫に望みながら、われわれはいま、人類史上かつて例を見ない巨大な転換期をむかえようとしている。

世界も、日本も、激動の予兆に対する期待とおののきを内に蔵して、未知の時代に歩み入ろうとしている。このときにあたり、創業の人野間清治の「ナショナル・エデュケイター」への志を現代に甦らせようと意図して、われわれはここに古今の文芸作品はいうまでもなく、ひろく人文・社会・自然の諸科学から東西の名著を網羅する、新しい綜合文庫の発刊を決意した。

激動の転換期はまた断絶の時代である。われわれは戦後二十五年間の出版文化のありかたへの深い反省をこめて、この断絶の時代にあえて人間的な持続を求めようとする。いたずらに浮薄な商業主義のあだ花を追い求めることなく、長期にわたって良書に生命をあたえようとつとめるところにしか、今後の出版文化の真の繁栄はあり得ないと信じるからである。

同時にわれわれはこの綜合文庫の刊行を通じて、人文・社会・自然の諸科学が、結局人間の学にほかならないことを立証しようと願っている。かつて知識とは、「汝自身を知る」ことにつきていた。現代社会の瑣末な情報の氾濫のなかから、力強い知識の源泉を掘り起し、技術文明のただなかに、生きた人間の姿を復活させること。それこそわれわれの切なる希求である。

われわれは権威に盲従せず、俗流に媚びることなく、渾然一体となって日本の「草の根」をかたちづくる若く新しい世代の人々に、心をこめてこの新しい綜合文庫をおくり届けたい。それは知識の泉であるとともに感受性のふるさとであり、もっとも有機的に組織され、社会に開かれた万人のための大学をめざしている。大方の支援と協力を衷心より切望してやまない。

一九七一年七月

野間省一

講談社文庫 最新刊

西條奈加　亥子《いのこ》ころころ

諸国の菓子を商う繁盛店に予期せぬ来訪者が。読んで美味《おい》しい口福な南星屋《なんぼしや》シリーズ第二作。

堂場瞬一　沃野の刑事

友人の息子が自殺。刑事の高峰《たかみね》は命を圧《お》し潰《つぶ》す巨大スキャンダルに迫る。シリーズ第三弾。

重松　清　旧友再会

難問だらけの家庭と仕事に葛藤、奮闘する中年男たち。優しさとほろ苦さが沁《し》みる短編集。

赤川次郎　三姉妹、恋と罪の峡谷
〈三姉妹探偵団26〉

「犯人逮捕」は、かつてない難事件の始まり!? 大人気三姉妹探偵団シリーズ、最新作!

内田英治　異動辞令は音楽隊!

犯罪捜査ひと筋三〇年、法スレスレ、コンプラ無視の〝軍曹〟刑事が警察音楽隊に異動!?

鯨井あめ　晴れ、時々くらげを呼ぶ

あの日、屋上で彼女と出会って、僕の日々は変わった。第14回小説現代長編新人賞受賞作。

西尾維新　りぽぐら!

活字を愛するすべての人に捧ぐ、3編5通りのリポグラム小説集! 文庫書下ろし掌編収録。

神楽坂　淳　うちの旦那が甘ちゃんで
〈寿司屋台編〉

屋台を引いて盗む先を物色する泥棒がいるらしい。月也と沙耶は寿司屋に化けて捜査を!

講談社文庫 最新刊

三津田信三
魔偶《まぐう》の如き齎《もたら》すもの
若き刀城言耶《とうじようげんや》が出遭う怪事件。文庫初収録「椅人《いじん》の如き座るもの」を含む傑作中短編集!

宮城谷昌光
俠骨記〈新装版〉
軍事は二流の大国魯《ろ》の里人曹劌《そうかい》は、若き英王同《どう》に見出され——。古代中国が舞台の名短編集。

佐々木裕一
将軍の宴
〈公家武者信平《のぶひら》ことはじめ(九)〉
将軍家綱の正室に放たれた刺客を、秘剣をもって退治せよ! 人気時代小説シリーズ。

中村天風
真理のひびき
〈天風哲人 新箴言註釈《しんしんげんちゅうしゃく》〉
『運命を拓く』『叡智《えいち》のひびき』に連なる人生哲学の書。中村天風のラストメッセージ!

中村ふみ
異邦の使者 南天の神々
無実の罪で捕らわれている皇妃を救うため、飛牙《ひが》と裏雲《りうん》はマニ帝国へ。天下四国外伝。

松野大介
インフォデミック
〈コロナ情報氾濫〉
新型コロナウイルス報道に振り回された、この2年余を振り返る衝撃のメディア小説!

黒木渚
檸檬の棘
十四歳、私は父を殺すことに決めた——。歌手にして小説家、黒木渚《くろきなぎさ》が綴《つづ》る渾身の私小説!

本格ミステリ作家クラブ選・編
本格王2022
本格ミステリの勢いが止まらない! 作家・評論家が厳選した年に、一度の短編傑作選。

講談社タイガ
保坂祐希
大変、大変、申し訳ありませんでした
SNS炎上、絶えぬ誹謗中傷、謝罪会見、すべて謝罪コンサルにお任せあれ! 爽快お仕事小説。

講談社文芸文庫

藤澤清造　西村賢太 編・校訂
狼の吐息／愛憎一念　藤澤清造　負の小説集
解説・年譜＝西村賢太
貧苦と怨嗟を戯作精神で彩った作品群から歿後弟子・西村賢太が精選し、校訂を施す。新発見原稿を併せ、不屈を貫いた私小説家の〝負〟の意地の真髄を照射する。
ふN1
978-4-06-516677-2

藤澤清造　西村賢太 編
根津権現前より　藤澤清造随筆集
解説＝六角精児　年譜＝西村賢太
「歿後弟子」は、師の人生をなぞるかのようなその死の直前まで諸雑誌にあたり、編集・配列に意を用いていた。時空を超えた「魂の感応」の産物こそが本書である。
ふN2
978-4-06-528090-4

講談社文庫　目録

芥川龍之介　藪の中
有吉佐和子　新装版 和宮様御留
阿刀田 高　ナポレオン狂
阿刀田 高　新装版 ブラック・ジョーク大全
安房直子　春の窓〈安房直子ファンタジー〉
相沢忠洋　「岩宿」の発見〈幻の旧石器を求めて〉
赤川次郎　偶像崇拝殺人事件
赤川次郎　人間消失殺人事件
赤川次郎　三姉妹探偵団
赤川次郎　三姉妹探偵団2〈キャンパス篇〉
赤川次郎　三姉妹探偵団3〈珠美・初恋篇〉
赤川次郎　三姉妹探偵団4〈怪奇篇〉
赤川次郎　三姉妹探偵団5〈復讐篇〉
赤川次郎　三姉妹探偵団6〈危機一髪篇〉
赤川次郎　三姉妹探偵団7〈駆け落ち篇〉
赤川次郎　三姉妹探偵団8〈人質篇〉
赤川次郎　三姉妹探偵団9〈青ひげ篇〉
赤川次郎　三姉妹探偵団10〈父恋し篇〉
赤川次郎　死が小径をやってくる〈三姉妹探偵団11〉

赤川次郎　死神のお気に入り〈三姉妹探偵団12〉
赤川次郎　次女と野獣〈三姉妹探偵団13〉
赤川次郎　心地よい悪夢〈三姉妹探偵団14〉
赤川次郎　ふるえて眠れ、三姉妹〈三姉妹探偵団15〉
赤川次郎　三姉妹、呪いの道行〈三姉妹探偵団16〉
赤川次郎　三姉妹、初めてのおつかい〈三姉妹探偵団17〉
赤川次郎　恋の花咲く三姉妹〈三姉妹探偵団18〉
赤川次郎　月もおぼろに三姉妹〈三姉妹探偵団19〉
赤川次郎　三姉妹、ふしぎな旅日記〈三姉妹探偵団20〉
赤川次郎　三姉妹、清く貧しく美しく〈三姉妹探偵団21〉
赤川次郎　三姉妹と忘れじの面影〈三姉妹探偵団22〉
赤川次郎　三姉妹、舞踏会への招待〈三姉妹探偵団23〉
赤川次郎　三人姉妹殺人事件〈三姉妹探偵団24〉
赤川次郎　三姉妹、さびしい入江の歌〈三姉妹探偵団25〉
赤川次郎　静かな町の夕暮に
赤川次郎　キネマの天使〈レンズの奥の殺人者〉
新井素子　グリーン・レクイエム〈新装版〉
安能 務 訳　封神演義 全三冊
安西水丸　東京美女散歩

綾辻行人　殺人方程式〈切断された死体の問題〉
綾辻行人　鳴風荘事件 殺人方程式II
綾辻行人　十角館の殺人〈新装改訂版〉
綾辻行人　水車館の殺人〈新装改訂版〉
綾辻行人　迷路館の殺人〈新装改訂版〉
綾辻行人　人形館の殺人〈新装改訂版〉
綾辻行人　時計館の殺人〈新装改訂版〉
綾辻行人　黒猫館の殺人〈新装改訂版〉
綾辻行人　暗黒館の殺人 全四冊
綾辻行人　びっくり館の殺人
綾辻行人　奇面館の殺人(上)(下)
綾辻行人　どんどん橋、落ちた〈新装改訂版〉
綾辻行人　緋色の囁き〈新装改訂版〉
綾辻行人　暗闇の囁き〈新装改訂版〉
綾辻行人　黄昏の囁き〈新装改訂版〉
綾辻行人ほか　7人の名探偵
我孫子武丸　探偵映画
我孫子武丸　新装版 8の殺人
我孫子武丸　眠り姫とバンパイア

講談社文庫　目録

五木寛之　百寺巡礼　第二巻　北陸
五木寛之　百寺巡礼　第三巻　京都I
五木寛之　百寺巡礼　第四巻　滋賀・東海
五木寛之　百寺巡礼　第五巻　関東・信州
五木寛之　百寺巡礼　第六巻　関西
五木寛之　百寺巡礼　第七巻　東北
五木寛之　百寺巡礼　第八巻　山陰・山陽
五木寛之　百寺巡礼　第九巻　京都II
五木寛之　百寺巡礼　第十巻　四国・九州
五木寛之　海外版　百寺巡礼　インド1
五木寛之　海外版　百寺巡礼　インド2
五木寛之　海外版　百寺巡礼　朝鮮半島
五木寛之　海外版　百寺巡礼　中　国
五木寛之　海外版　百寺巡礼　ブータン
五木寛之　海外版　百寺巡礼　日本アメリカ
五木寛之　青春の門　第七部　挑戦篇
五木寛之　青春の門　第八部　風雲篇
五木寛之　青春の門　第九部　漂流篇
五木寛之　親鸞　青春篇 (上)(下)

五木寛之　親鸞　激動篇 (上)(下)
五木寛之　親鸞　完結篇 (上)(下)
五木寛之　五木寛之の金沢さんぽ
五木寛之　海を見ていたジョニー　新装版
井上ひさし　モッキンポット師の後始末
井上ひさし　ナ　イ　ン
井上ひさし　四千万歩の男　全五冊
井上ひさし　四千万歩の男　忠敬の生き方
井上ひさし／司馬遼太郎　新装版　国家・宗教・日本人
池波正太郎　私　の　歳　月
池波正太郎　よい匂いのする一夜
池波正太郎　梅安料理ごよみ
池波正太郎　わが家の夕めし
池波正太郎　新装版　緑のオリンピア
池波正太郎　新装版　殺しの四人〈仕掛人・藤枝梅安(一)〉
池波正太郎　新装版　梅安蟻地獄〈仕掛人・藤枝梅安(二)〉
池波正太郎　新装版　梅安最合傘〈仕掛人・藤枝梅安(三)〉
池波正太郎　新装版　梅安針供養〈仕掛人・藤枝梅安(四)〉
池波正太郎　新装版　梅安乱れ雲〈仕掛人・藤枝梅安(五)〉

池波正太郎　新装版　梅安影法師〈仕掛人・藤枝梅安(六)〉
池波正太郎　新装版　梅安冬時雨〈仕掛人・藤枝梅安(七)〉
池波正太郎　新装版　忍びの女 (上)(下)
池波正太郎　新装版　殺　し　の　掟
池波正太郎　新装版　抜討ち半九郎
池波正太郎　新装版　娼　婦　の　眼
池波正太郎　近藤勇白書〈レジェンド歴史時代小説〉(上)(下)
井上　靖　楊　貴　妃　伝
石牟礼道子　新装版　苦《く》海《がい》浄《じょう》土《ど》〈わが水俣病〉
いわさきちひろ　ちひろのことば
いわさきちひろ／松本　猛　いわさきちひろの絵と心
いわさきちひろ／絵本美術館編　ちひろ・子どもの情景〈文庫ギャラリー〉
いわさきちひろ／絵本美術館編　ちひろ・紫のメッセージ〈文庫ギャラリー〉
いわさきちひろ／絵本美術館編　ちひろの花ことば〈文庫ギャラリー〉
いわさきちひろ／絵本美術館編　ちひろのアンデルセン〈文庫ギャラリー〉
いわさきちひろ／絵本美術館編　ちひろ・平和への願い〈文庫ギャラリー〉
石野径一郎　新装版　ひめゆりの塔
今西錦司　生　物　の　世　界
井沢元彦　義　経　幻　殺　録

稲葉　稔　椋鳥の影〈八丁堀手控え帖〉
伊坂幸太郎　チルドレン
伊坂幸太郎　魔王
伊坂幸太郎　モダンタイムス(上)(下)
伊坂幸太郎　P K
伊坂幸太郎　サブマリン
絲山秋子　袋小路の男
石黒　耀　死都日本
石黒　耀　忠臣蔵異聞〈家老 大野九郎兵衛の長い仇討ち〉
犬飼六岐　筋違い半介
犬飼六岐　吉岡清三郎貸腕帳
石川大我　ボクの彼氏はどこにいる?
石松宏章　マジでガチなボランティア
伊東　潤　国を蹴った男
伊東　潤　峠越え
伊東　潤　黎明に起《た》つ
伊東　潤　池田屋乱刃
石飛幸三　「平穏死」のすすめ〈口から食べられなくなったらどうしますか〉
伊藤理佐　女のはしょり道

伊藤理佐　また！　女のはしょり道
伊藤理佐　みたび！　女のはしょり道
石黒正数　外《げ》天《てん》楼《ろう》
伊与原新　ルカの方《はこ》舟《ぶね》
伊与原新　コンタミ　科学汚染
稲葉圭《よし》昭《あき》　恥さらし〈北海道警　悪徳刑事の告白〉
稲葉博《ひろ》一《いち》　忍者烈伝
稲葉博一　忍者烈伝ノ続
稲葉博一　忍者烈伝ノ乱〈天之巻〉〈地之巻〉
伊岡　瞬　桜の花が散る前に
石川智健　エウレカの確率〈経済学捜査と殺人の効用〉
石川智健　60《ロクジュウ》〈誤判対策室〉
石川智健　20《ニジュウ》〈誤判対策室〉
石川智健　第三者隠蔽機関
石川智健　いたずらにモテる刑事の捜査報告書
井上真《ま》偽《ぎ》　その可能性はすでに考えた
井上真偽　聖女の毒杯〈その可能性はすでに考えた〉
井上真偽　恋と禁忌の述語論理《プレディケット》
泉　ゆたか　お師匠さま、整いました！

伊兼源太郎　地検のS
伊兼源太郎　巨悪
逸木　裕　電気じかけのクジラは歌う
今村翔吾　イクサガミ　天
入月英一　信長と征《ゆ》く　1・2〈転生商人の天下取り〉
内田康夫　シーラカンス殺人事件
内田康夫　パソコン探偵の名推理
内田康夫　「横山大観」殺人事件
内田康夫　江田島殺人事件
内田康夫　琵琶湖周航殺人歌
内田康夫　夏泊殺人岬
内田康夫　「信濃の国」殺人事件
内田康夫　風葬の城
内田康夫　透明な遺書
内田康夫　鞆《とも》の浦《うら》殺人事件
内田康夫　終幕《フィナーレ》のない殺人
内田康夫　御堂筋殺人事件
内田康夫　記憶の中の殺人
内田康夫　北国街道殺人事件

講談社文庫　目録

江波戸哲夫　リストラ事変〈ビジネスウォーズ2〉
江上　剛　頭取無惨
江上　剛　企業戦士
江上　剛　リベンジ・ホテル
江上　剛　起死回生
江上　剛　瓦礫の中のレストラン
江上　剛　非情銀行
江上　剛　東京タワーが見えますか。
江上　剛　慟哭の家
江上　剛　家電の神様
江上　剛　ラストチャンス　再生請負人
江上　剛　ラストチャンス　参謀のホテル
江上　剛　一緒にお墓に入ろう
江國香織　真昼なのに昏《くら》い部屋
江國香織他　100万分の1回のねこ
円城　塔　道化師の蝶
江原啓之　スピリチュアルな人生に目覚めるために〈心に「人生の地図」を持つ〉
江原啓之　トラウマ　あなたが生まれてきた理由
大江健三郎　新しい人よ眼ざめよ

大江健三郎　取り替え子《チェンジリング》
大江健三郎　晩年様式集《イン・レイト・スタイル》
小田　実　何でも見てやろう
沖　守弘　マザー・テレサ〈あふれる愛〉
岡嶋二人　解決まではあと6人〈5W1H殺人事件〉
岡嶋二人　99％の誘拐
岡嶋二人　クラインの壺
岡嶋二人　ダブル・プロット
岡嶋二人　新装版　焦茶色のパステル
岡嶋二人　チョコレートゲーム　新装版
岡嶋二人　そして扉が閉ざされた〈新装版〉
太田蘭三　殺《さつ》・風《ぷう》景《けい》〈警視庁北多摩署特捜本部〉
大前研一　企業参謀　正・続
大前研一　やりたいことは全部やれ！
大前研一　考える技術
大沢在昌　野獣駆けろ
大沢在昌　相続人TOMOKO
大沢在昌　ウォームハート　コールドボディ
大沢在昌　アルバイト探偵《アイ》

大沢在昌　調毒師を捜せ　アルバイト探偵《アイ》
大沢在昌　女王陛下のアルバイト探偵《アイ》
大沢在昌　不思議の国のアルバイト探偵《アイ》
大沢在昌　拷問遊園地　アルバイト探偵《アイ》
大沢在昌　帰ってきたアルバイト探偵《アイ》
大沢在昌　雪蛍
大沢在昌　夢の島
大沢在昌　新装版　氷の森
大沢在昌　暗黒旅人
大沢在昌　新装版　走らなあかん、夜明けまで
大沢在昌　新装版　涙はふくな、凍るまで
大沢在昌　語りつづけろ、届くまで
大沢在昌　罪深き海辺　(上)(下)
大沢在昌　やぶへび
大沢在昌　海と月の迷路　(上)(下)
大沢在昌　鏡の顔〈傑作ハードボイルド小説集〉
大沢在昌　覆面作家
大沢在昌　ザ・ジョーカー　新装版
大沢在昌　亡命者〈ザ・ジョーカー　新装版〉

講談社文庫　目録

大沢在昌／藤田宜永／堂場瞬一／井上夢人／今野敏／月村了衛／東山彰良　激動　東京五輪1964
逢坂　剛　十字路に立つ女
逢坂　剛　奔流恐るるにたらず〈重蔵始末(八)完結篇〉
逢坂　剛　新装版カディスの赤い星(上)(下)
オノ・ヨーコ　飯村隆彦編　ただの私《あたし》
オノ・ヨーコ　南風椎訳　グレープフルーツ・ジュース
折原　一　倒錯の帰結
折原、一　倒錯のロンド〈完成版〉
小川洋子　ブラフマンの埋葬
小川洋子　最果てアーケード
小川洋子　琥珀のまたたき
小川洋子　密やかな結晶〈新装版〉
乙川優三郎　霧の橋
乙川優三郎　喜知次
乙川優三郎　蔓の端々
乙川優三郎　夜の小紋
恩田　陸　三月は深き紅の淵を
恩田　陸　麦の海に沈む果実
恩田　陸　黒と茶の幻想(上)(下)

恩田　陸　黄昏の百合の骨
恩田　陸　『恐怖の報酬』日記〈酩酊混乱紀行〉
恩田　陸　きのうの世界(上)(下)
恩田　陸　七月に流れる花／八月は冷たい城
奥田英朗　新装版ウランバーナの森
奥田英朗　最悪
奥田英朗　マドンナ
奥田英朗　ガール
奥田英朗　サウスバウンド
奥田英朗　オリンピックの身代金(上)(下)
奥田英朗　ヴァラエティ
奥田英朗　邪魔(上)(下)〈新装版〉
乙武洋匡《さとし》　五体不満足〈完全版〉
大崎善生　聖の青春
大崎善生　将棋の子
小川恭一　江戸の旗本事典〈歴史・時代小説ファン必携〉
奥泉　光　プラトン学園
奥泉　光　シューマンの指
奥泉　光　ビビビ・ビ・バップ

折原みと　制服のころ、君に恋した。
折原みと　時《とき》の輝き
折原みと　幸福のパズル
大城立裕　小説　琉球処分(上)(下)
太田尚樹　満州裏史〈甘粕正彦と岸信介が背負ったもの〉
太田尚樹　世紀の愚行〈太平洋戦争・日米開戦前夜〉
大島真寿実　ふじこさん
大泉康雄　あさま山荘銃撃戦の深層(上)(下)
大山淳子　猫弁〈天才百瀬とやっかいな依頼人たち〉
大山淳子　猫弁と透明人間
大山淳子　猫弁と指輪物語
大山淳子　猫弁と少女探偵
大山淳子　猫弁と魔女裁判
大山淳子　猫弁と星の王子
大山淳子　雪猫
大山淳子　イーヨくんの結婚生活
大倉崇裕　小鳥を愛した容疑者
大倉崇裕　蜂に魅《ひ》かれた容疑者〈警視庁いきもの係〉
大倉崇裕　ペンギンを愛した容疑者〈警視庁いきもの係〉

2022年 3 月15日現在